Die Wahrheit
über Arnold Hau

Herausgegeben von
Robert Gernhardt, F. W. Bernstein
und F. K. Waechter

Fischer Taschenbuch Verlag

3. Auflage: September 2004

Veröffentlicht im Fischer Taschenbuch Verlag,
einem Unternehmen der S. Fischer Verlag GmbH,
Frankfurt am Main, Dezember 1996

Lizenzausgabe mit freundlicher Genehmigung
von Zweitausendeins Versand, Frankfurt am Main

Durchgesehene Neuausgabe des Erstdrucks von 1966
Gesamtherstellung: Clausen & Bosse, Leck
Printed in Germany
ISBN-3-596-13230-4

Inhalt

Der mittlere Hau

Der späte Hau

»Alles, was ich über den Kuckuck gehört habe«, sagte Goethe, »gibt mir für diesen merkwürdigen Vogel ein großes Interesse. Er ist eine höchst problematische Natur, ein offenbares Geheimnis; das aber nichtsdestoweniger schwer zu lösen, weil es offenbar ist.«
Johann Peter Eckermann: Gespräche mit Goethe in den letzten Jahren seines Lebens, Band I; Gespräch vom Montag, den 8. Oktober 1827, in Jena.

Daher wird unter allen Tieren der Mensch allein Mensch genannt, weil er zusam*mensch*aut, was er gesehen hat.
aus: Plato: Kratylos. 399 c.
Platon, sämtliche Werke Bd. 2, Rowohlt Hamburg; in der Übersetzung von Friedrich Schleiermacher.

Wenn die Araber gleichsam die Spanier des Orients sind, so sind die Perser die Franzosen von Asien...
aus: Immanuel Kant, Beobachtungen über das Gefühl des Schönen und Erhabenen, Vierter Abschnitt: Von den Nationalcharakteren, insofern sie auf dem unterschiedlichen Gefühl des Erhabenen und Schönen beruhen.
Kants Werk in drei Bänden, hrsg. v. A. Messer, Verlag Knaur Nachf., Berlin u. Leipzig, o. J., S. 210.

Krrrchr
rrchch
chrr

Vorwort

Ist es möglich, daß auch heute noch ein Dichter von den literarisch Interessierten unbemerkt bleibt? Unbemerkt trotz der vielbeschrienen Massenmedien, die doch angeblich dafür sorgen, daß kein Wort verlorengeht, daß jedes auch noch so kümmerliche Talent zu Gehör kommt? Es ist möglich. Arnold Hau blieb unbemerkt, und sein Nicht-Ruhm kommt einem vernichtenden Urteil über das Vermögen der Literaturkritik und den Horizont der kulturellen Meinungsmacher gleich.
Es sage keiner, Hau sei selber schuld an seiner Unbekanntheit. Es stimmt, daß er seine Kräfte scheinbar verzettelte. Es stimmt, daß er stets mehr war als nur ein Dichter. Er leistete ebenso Bedeutendes als Zeichner, Denker, Städteplaner und Polemiker. Als Entdecker der Grottenmaus schlug er ein neues Kapitel der nacheinsteinschen Zoologie auf, als Mathematiker legte er den Grundstein zu einer Synthese der komplexen Mathematik und den Erkenntnissen der modernen Gestaltspsychologie – es sei zugegeben, daß es schwer ist, einen Menschen von so vielfältigen Talenten auf eine Formel zu bringen. Aber wie konnte man ihn übersehen?
Der Einwand, man habe Hau nicht kennenlernen können, da er zu seinen Lebzeiten so gut wie nichts veröffentlichte, gilt nur bedingt. Denn warum konnte er so gut wie nichts veröffentlichen? Etwa, weil er es nicht wollte? Nein. Sondern weil es keine Plattform gab, die ihn zu Gehör kommen ließ. Denn er war immer ein Unbequemer. Den Agnostikern mißfiel sein Glaube an die Notwendigkeit eines Gesetzes, den Modernisten sein Wurzeln in den besten Traditionen des Abendlandes, den Konservativen sein unbekümmertes Zerschlagen aller überkommenen Werte, den Kapitalisten sein unbedingter Sozialismus und den Sozialisten sein Wunsch, möglichst schnell reich zu werden. Überall eckte er an. Und doch besteht kein Zweifel, daß nicht nur Literatur- und Kunstkritik, sondern das gesamte kulturelle Deutschland an Arnold Hau eine schwere Schuld gutzumachen hat.

Es ist eine tragische Pointe, daß dieses Buch, das erstmals den ganzen Hau zeigt, seine Entstehung ebenfalls einer Schuld, einem Wortbruch, verdankt.
Kurz vor seinem bis heute ungeklärten Verschwinden im Jahre 1962 ließ Arnold Hau mich, den Herausgeber, zu sich kommen und nahm mir das Ehrenwort ab, seine Arbeiten – ganz gleich, ob Zeichnung oder Geschriebenes – zu vernichten, wenn ihm etwas zustoßen sollte. »Denn was wäre damit gewonnen, wenn meine Werke gedruckt würden?« fragte er mich und fuhr selber fort: »Sie würden den jungen Menschen verwirren, den Erwachsenen erregen oder apathisch werden lassen, den Greis bestürzen und das Weib zu Hochmut und Ausschweifung veranlassen...« Und dann zeigte er mir drei kleine, gelbe Kistchen, die er aus Sandelholz hatte anfertigen lassen. »Diese drei kleinen Särge enthalten mein Werk. Sandelholz brennt gut. Ich hoffe, daß Sie wissen, was Sie zu tun haben, lieber Gernhardt...«
Zwei Tage darauf »stieß« Arnold Hau wirklich etwas »zu«. Er verließ seine Berliner Wohnung in der Habsburger Straße und kehrte nie mehr zurück. Zweimal wurde er noch gesehen, an der Gedächtniskirche und an einer Wegscheide im Württembergischen. Danach verliert sich seine Spur. Die Suche nach ihm blieb erfolglos.
Daß ich mein Wort nicht einhielt, beweist der vorliegende Band. Ich durfte es nicht einhalten. Denn obwohl ich Haus Befürchtung, sein Werk werde in schlecht unterrichteten Köpfen Verwirrung und Unheil anrichten, verstehe, so glaube ich doch, daß die Öffentlichkeit nun endlich reif für die Auseinandersetzung mit dem Werk dieses Mannes ist.
Dabei verkenne ich nicht die Schwierigkeiten der Hau-Lektüre. Dem Leser wird die verwirrende Vielfalt der Formen, Stile und Ausdrucksweisen in seinem Werk zunächst labyrinthisch vorkommen. Doch gibt es einen roten Faden, der all diese Bruchstücke einer großen Konfession durchzieht. Es ist die Frage, die der junge Hau nachweislich bereits 1911 im Seylerschen Badehause stellte und die er seitdem zu stellen nicht müde wurde, die Frage: »Was ist der Mensch?«
Nur wenn man begreift, daß alle Arbeiten Haus als Antworten

auf diese Frage aufzufassen sind, lassen sie sich mit wirklichem Gewinn lesen. Daß er die Antworten, die er fand, immer wieder verwarf und nach neuen suchte, zeugt für seine unbestechliche Ehrlichkeit, daß er die Suche nicht abbrach, für sein Künstlertum. Er lebte ein exemplarisches Leben: wie ein Komet durchmaß er weite Räume, lebte, sang und erlosch.
Es schien mir daher das Sinnvollste, die Arbeiten biographisch zu ordnen. Dadurch wird es dem Leser ermöglicht, Schritt für Schritt am Suchen Arnold Haus teilzunehmen. Wenn es nötig war, habe ich den Arbeiten einige erklärende Worte beigefügt, andere, wie so manches Blatt aus seinen zahlreichen Skizzenbüchern, ließ ich für sich sprechen.
Mein Dank gilt den Herren F. W. Bernstein und F.-K. Waechter, die unermüdlich zur Hand waren, sowie der Stadtbücherei Flensburg, dem Deutschen Industrieinstitut, der Unesco und dem Verband Belgischer Pfadfinder. Nicht zuletzt gebührt er jedoch Herrn Kraneel, der mit seiner Weigerung, auch nur das Geringste zum Zustandekommen des Werks beizutragen, die Edition wesentlich beschleunigte.

Zürs, den 24. 12. 1966 Robert Gernhardt

Der frühe Hau

Der junge Mensch

28. Januar 1900. Im Hause des Posthalters Josef Hau und seiner Ehefrau Elena, geb. Strahm, klingen die weingefüllten Gläser. Man feiert die Taufe des ersten Sohnes Arnold Hau. Während der Feier, so berichtet ein guter Bekannter der Familie, sei Großvater Strahm an die Wiege getreten und habe gesagt: »Eidibeididaduda KiKiKiKi Kiiiiieks.« Darauf soll Arnold fröhlich gelacht haben.

Diese Fröhlichkeit ist typisch für den jungen Hau. Er hat sie von der Mutter ererbt, einer Frau aus der Schwalm, jenem heiteren Landstrich südlich von Bregenz. Ein Zufall verschlug sie in den Norden. Auf der Jubiläumsausstellung »100 Jahre Schwalm« lernte sie jenen ernsten jungen Posthalter kennen, den die Oberpostdirektion Dortmund zum Studium des Posthalterwesens nach Bregenz geschickt hatte. Er heiratet das frische Mädchen und zieht mit ihr nach Dortmund, später erst wird er nach Ratzeburg versetzt. Dort wird auch der Sohn Arnold geboren, und bald schon kommt in ihm das väterliche Erbgut zum Durchbruch: die äußere Gestalt, ein gewisser Ernst, die Liebe zum Wassersport.

Doch vorerst dominiert das mütterliche Erbe. Unter ihrer Anleitung beginnt er schon früh zu malen und zu dichten, doch noch ist nicht die Frage nach dem Menschen der Motor seiner Kunst, sondern kindliches Einssein mit dem, was ihn umgibt. 1907 bis 1911 sind diese Tierbilder zu datieren. Sie mögen auch in diesem Buch am Anfang stehen. Wie Hau selbst einmal wehmütig sagte, hat er diese Gelöstheit – und er ist darin Mozart vergleichbar – nie wieder erreicht.

Armes Häschen, bist du krank,
daß du nicht mehr hüpfen kannst?

Da sprach das Kalb
zur Kuh;
ich bin halb
so groß wie du.
Ich reich dir bis zum Euter
und nicht weiter

Der Fuchs, der ist in großer Not,
gleich machen ihn die Gänse tot.

Der unbehauste Mensch

Das Kind Hau beginnt zum Jüngling zu reifen. Noch fragt er nicht nach dem Menschen, doch schon macht er die ersten bitteren Erfahrungen, die jeder Mensch früher oder später erlebt. Der Einfluß der Abenteuerbücher, die er liest, das tägliche Einerlei, die Engstirnigkeit der Lehrer, das Unverständnis seines Vaters für seine künstlerischen Pläne (Hau arbeitet damals an Entwürfen für einen Neubau des Kölner Doms) – all diese Faktoren wirken zusammen. Arnold Hau hält es nicht mehr in der Enge der Vaterstadt, er will die große Welt erleben, heimlich bricht er von zu Hause auf. Sein Ziel: das Meer, der Hafen von Beitzburg.
Dort heuert er als Smutje auf der »Selma Lagerlöf« an, doch bald erkennt er, daß es müßig ist, das Glück in der Fremde zu suchen.
»Der Einsame ist überall einsam«, notiert er überraschend frühreif, und er fügt den noch überraschenderen Satz hinzu: »Wo ich auch bin, ist's nichts, und überall kann ich nicht sein...«
Tief enttäuscht mustert er schon in Heudelsleev ab und kehrt heim. Dort verarbeitet er seine Erfahrungen in einem sehr schönen Gedicht und in einer ausgezeichneten Geschichte. So haben sich seine bitteren Erfahrungen letzten Endes doch gelohnt. Freilich steht Hau die entscheidende, schmerzhafte Erfahrung noch bevor. Denn wie »heil« seine Welt im Grunde immer noch ist, zeigt die ebenfalls kurz nach seiner Rückkehr entstandene Bildfolge »Der gestohlene Mond«.

Cristobal

Morgengrau. Leiser Nebel über den Wellen. In ungewisser Ferne der blasser werdende Horizont des Atlantischen Ozeans.
Am Ausguck steht, hochgewachsener Genuese, Cristobal Colon, der Tuchwebersohn. Er findet keinen Schlaf in der Nacht. Unruhe treibt ihn auf Deck umher, seit Stunden schon geistert er herum. Wie wird das alles noch enden?
Er starrt in die dämmernde Ferne – nichts, nichts... noch immer nichts –

Und doch ist er am 3. August 1492 von Palos losgesegelt. Drei kleine Schiffe nur – »Santa Maria«, »Passacaglia« und »Mubf« – 120 Mann Besatzung, Kerle wie Pech und Schwefel. Und die Zusicherung der erblichen Würde eines Großadmirals und Vizekönigs in den Ländern, die er entdecken würde ...
Wird er sie entdecken? 51 Tage schon auf See – vergebens sein Suchen im Ozean, stumm die Wogen. Sein Harren und Starren umsonst? Vergeblich? Das ihm, Cristobal Colon, dem hochgewachsenen Tuchwebersohn?
»Ich wills nicht hoffen«, denkt er, »und doch ...?«
Hat er sich zuviel vorgenommen? Hat man ihm nicht gesagt: Cristobal Colon, das geht nicht gut?
Schneller durchmißt er den Bugspriet. Er müßte es schaffen ... müßte, muß! Doch wird er? Wird er es sehen, das Land, das gelobte Land, wo der Pfeffer wächst und die Potatenfrucht? Das ist die Frage, seine Frage. Und die Antwort? Die Antwort für Cristobal Colon, den Genueser in spanischen Diensten? Ruhelos und still schlagen die Wellen ans hölzerne Schiff ...
Im Mastkorb der Trocadero, der Späher, fest die Schnallen ums spanische Wams. Frage ... Kopfschütteln. Noch immer nichts.
Rastlos steht wieder der Colon. Noch ist er Genuese, Tuchwebersohn. Und er hofft. Doch wie lange noch? Gibts Grund zur Hoffnung? Wächst ihm nicht schon alles über den Kopf? Nicht den Blick abwenden, Colon! Dort, im Tauwerk, kauert der Schiffshund, die Zitrone gegen Scorbut tief im röchelnden Rachen. Schläft er? Hat das Tier mehr Hoffnung als er, der Mensch, der Genuese Cristobal Colon? Fragen ...
Es wird heller.
Ob dieser neue Tag die Entdeckung bringt, oder der nächste Tag, oder der Tag darauf, oder ... gibt es gar keine Entdeckung? Nicht daran denken!
Am 3. August ist er von Palos nach den Canarischen Inseln abgesegelt, am 6. September weiter nach Westen, am 13. September hat er entsetzt die Deklination der Magnetnadel beobachtet. Und jetzt? »Und wenn das Ziel trügt?« flüstert er. »Wenn ich einem Phantom nachjage? Jage ich einem Phantom nach? Phantom ... Phantom! Sind nicht alle Entdeckungen Phantome

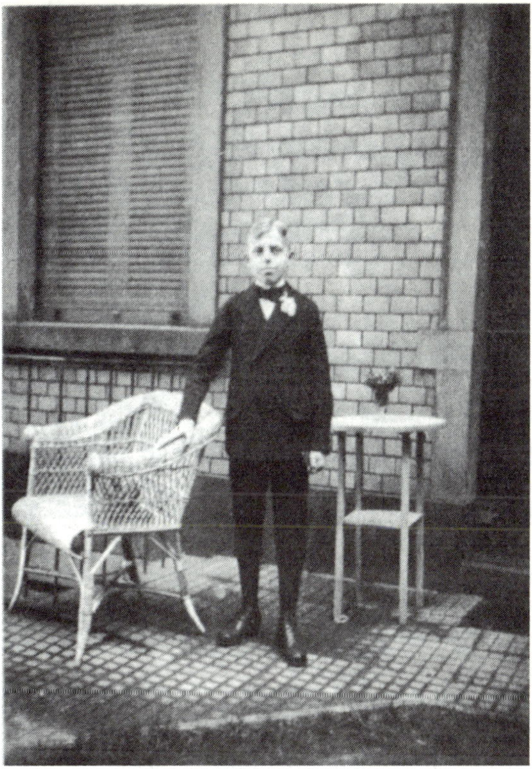

Eben hat der blutjunge Arnold Hau sein Abitur mit der Note »Erstaunlich« bestanden, und schon gibt er auf einer improvisierten Pressekonferenz das Ergebnis bekannt. Dieser heute nicht mehr ungewöhnliche Vorgang rief damals – vor über vierzig Jahren – noch einiges Aufsehen und beträchtliche Befremdung hervor.

Beim Musizieren offenbarte Arnold Hau die zwei Seelen, die in ihm wohnten.
So zeigte sich am 3. März 1929 der glückhaft-fröhliche Arnold Hau, der in gelöster Spiellaune eben ein großes Wagner-Potpourri beendet. 30 Jahre später erblicken wir den früh gealterten Arnold Hau, der, tief beunruhigt und von Sorge gezeichnet, am 21. September 1959 vor Eintritt der partiellen Sonnenfinsternis seine Sinfonietta für Laute solo zu Ende bringen muß.

erst gewesen, verlacht, verspottet als Plan und närrisches Vorhaben? Oder ist es nicht so, ist nur mein Plan verlachte Narrheit...?« Heller werden die Wellen, doch stumm bleibt der unergründliche Ozean.
Bleibt er stumm? Raunt er ihm nicht Hoffnung zu? Oder Zweifel? Narrheit! Aber jede große Tat ist Narrheit! Oder fast jede...
Gestern wars – der Obermaat zu ihm: »Was meint Ihr, Capitan, wie wir zu den kleinen runden Frauchen an Land hüpfen werden!« Glücklicher einfacher Mann, der keine Zweifel kennt.
Doch vor Tagen der Segelflicker, der schlichteste Mann an Bord: »Ich weiß nicht, ich weiß nicht, Capitan, wie das noch enden soll.« War das glückliche Zuversicht?
Wohl kaum.
Aber sind nicht stets die Zweifel die stärksten Triebfedern, lösen sie nicht grade die lösende, klärende Tat aus? Allerdings, Cristobal, der Tuchwebersohn, verhehlt es sich nicht, oft sind sie Hemmschuhe, oft ist fehlende Zuversicht die Wurzel des Mißerfolgs.
Was aber gilt in seinem Fall? Was ist gut für sein Vorhaben: Zweifel – oder Zuversicht? Wenn sein Plan gelingt, wem wird er es verdanken? Wenn-wenn-wenn... wenn kein Land ist hinter den Wogen, dann hilft weder Zuversicht noch Zweifel!
Wie klein doch sein Schiff ist, verglichen mit den Ausmaßen des Ozeans. Geringe Chancen! Überhaupt Chancen? Aalglatt und ohne Antwort liegt das Meer in der kühlen frühen Morgensonne.
O warum ist er nicht Tuchweber geworden, wie sein Vater, der Genuese? Warum will er ausgerechnet Entdecker sein, er, Cristobal Colon? Ein Entdecker, der nichts entdecken wird...
»Ein Entdecker, der nichts entdeckt, das ist... das ist das Verächtlichste von der ganzen Welt.« Er rufts und speit aus.
Ihn fröstelt. Der Morgen ist kühl.
Klappern auf dem Vorderdeck. Dort, der alte Segelflicker bereitet Kräutertee. Ruft ihm zu: »Capitan, Commodore, wir werden es schaffen. Bald hüpfen wir an Land zu den kleinen, runden...« Unwirsch wendet Colon sich ab. Will man ihn, den hochgewachsenen Genuesen verhöhnen? Er geht zur Luke,

steigt unter Deck. Wie soll er jemals Großadmiral werden und Vizekönig...
Ein leerer Tag steht ihm bevor, wieder ein Tag ohne den Fleck am Horizont, ohne den ersehnten Blick auf die dunkle Zwiebelscheibe der Küste...
Vor ihn tritt der Obermaat, grüßt schwer und murmelt: »Capitan, ich weiß nicht, ich weiß nicht, wie das noch enden soll...«
Wortlos läßt ihn Colon stehen, schließt sich ein ins Ruderhaus.
Gibt er auf?
Aber keineswegs.
Am 16. September 1492 gelangte Cristobal Colon in das Sargassomeer, landete am 12. Oktober auf Guanahani (Watlinsinsel), entdeckte am 28. Oktober Kuba, am 6. Dezember Haiti (Hispaniola), trat am 4. Januar seine Rückreise an und war am 15. März in Palos. Zum Granden erhoben verließ er mit 17 Schiffen und 1200 Mann am 25. September 1493 Cadiz, war seiner Sache diesmal sicher und entdeckte am 3. November Dominica, dann Marie Galante, Guadeloupe, Antigua und Puerto Rico und am 5. Mai 1494 Jamaica.
»Warum nicht gleich«, sagte er.
In seinem ganzen Leben jedoch ist Cristobal Colon, der hochgewachsene Genuese, Grande, Großadmiral und Vizekönig, nie nach Königsberg reingekommen.
Das muß man sich einmal überlegen!

Verwirrte Sehnsucht

Ein Drängen ist in meiner Brust,
wovon ich früher nichts gewußt.
Das Drängen drängt mich nach und nach
nach Bacharach, nach Bacharach...

Dort angekommen fühl ich bald
ein neues Drängen mit Gewalt.
Und dieses lockt mich in die Welt
nach Gröbelsfeld... nach Gröbelsfeld.

Ich finde dort auch keine Ruh,
schon schnür ich meine Wanderschuh –
ich spür der Sehnsucht neuen Keim
nach Lampertzheim... nach Lampertzheim.

Selbst dieser Drang wird nicht gestillt,
obwohl dies Städtchen klar und mild.
Ein neuer Drang drängt – noch amorph –
nach Nollendorf... nach Nollendorf.

Doch ach – hier bleib ich auch nicht lang,
schon fühl ich wieder einen Drang,
der ruft mich weg von dem Radau
nach Schlefelau... nach Schlefelau.

Dort endlich wird mir sonnenklar,
daß alles dies nur Vorwand war.
Das rechte Ziel! ich eile schon
nach Washington... nach Washington.

Bei Gott! auch diese Hoffnung trog!
Doch immer fehlt im Katalog
noch eine Stadt – ich weiß, ich muß
nach Syrakus... nach Syrakus.

Vom Ziel trennt mich dort eine Kluft.
Ich merks, ich hör den Berg, der ruft,
und ich beginn die Reis von vorn
zum Matterhorn... zum Matterhorn.

Dort merk ich es endlich, dort weiß ich Bescheid,
was ich muß, was ich soll – ganz gewiß!
ich eile, ich fliege – es ist nicht mehr weit –
nach Rom, nach Madrid, nach Paris.

Der zweifelnde Mensch

1915: ein unscheinbares Ereignis verwandelt den jungen Hau in jenen Sucher, der er sein Leben lang bleiben sollte. Hau arbeitet gerade an einer auf 70 Blätter geplanten Bildfolge »Die Hand des Höchsten«, das Werk macht schöne Fortschritte, da schenkt ihm sein Onkel aus Clausthal-Zellerfeld eine aus 25 Bänden bestehende philosophische Handbibliothek. Hau nimmt, liest und erkennt betroffen, wie wenig der Mensch eigentlich über sich und sein Menschsein weiß und wie viele Wahrheiten es gibt. Seine Glaubenssicherheit ist nachhaltig erschüttert. Er zeichnet an seiner Bildfolge weiter, doch manichäisches Gedankengut dringt hinein, der Einfluß Feuerbachs wird in einem Blatt wie dem mit dem Hasen deutlich – es ist eine Paraphrase des Satzes »Der Mensch schuf Gott nach seinem Bilde«. Eine Variation des Nietzscheschen »Gott ist tot!« bildet den Schluß, eine weitere Fortsetzung ist nicht möglich und unterbleibt. Bereits damals aber spürt der junge Hau, daß man auch in geistigen Dingen nichts zerstören darf, ohne etwas anderes an die Stelle zu setzen. Wenn der Mensch nicht als Geschöpf Gottes begriffen werden kann, als was dann?
Haus Suche beginnt.

Die Hand des Höchsten

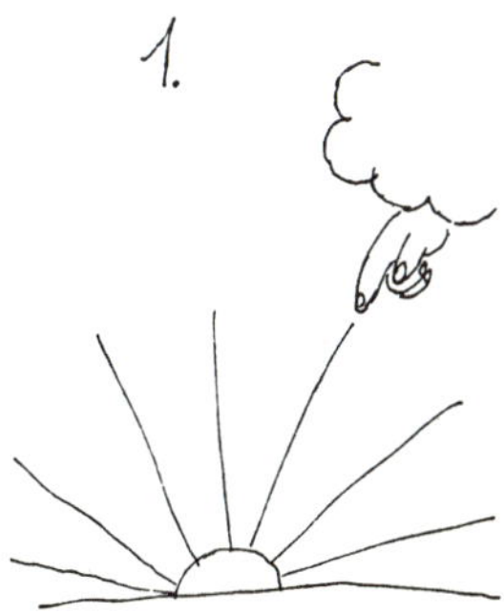

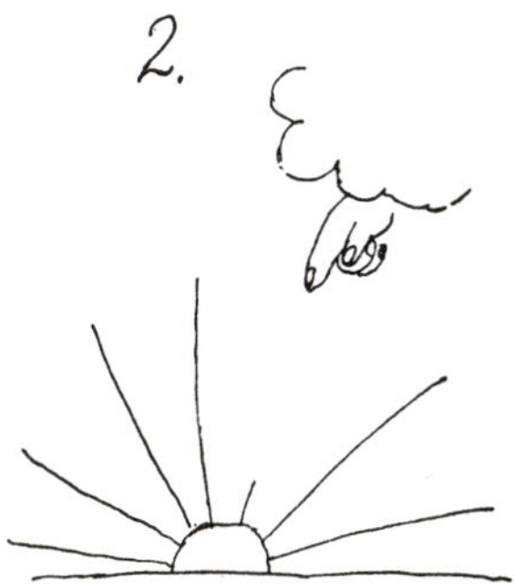

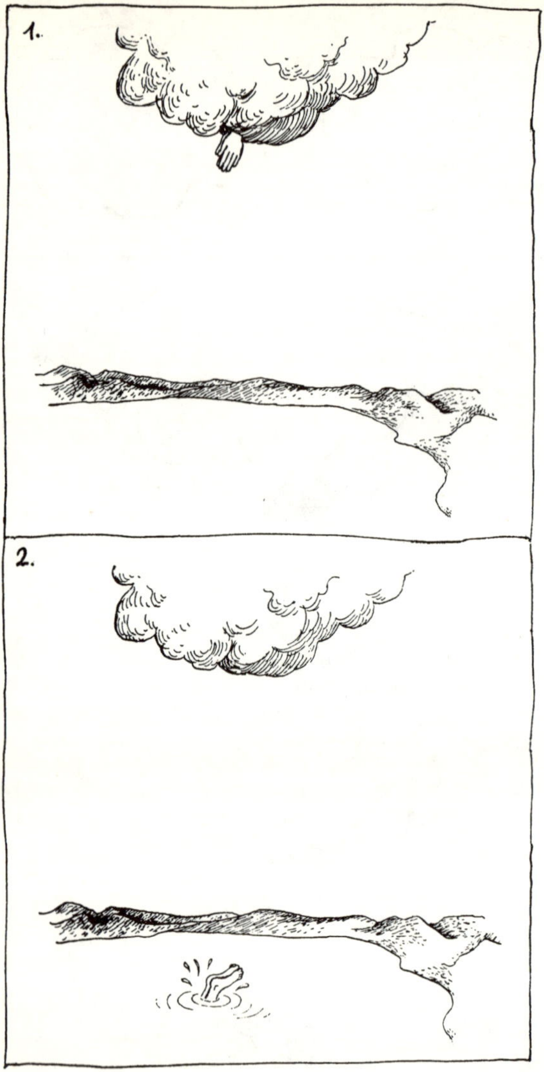
1.
2.

Der Mensch als Opfer des Eros

1920. Hau begegnet einem Menschen, der ihm während der nächsten Jahre viel bedeuten sollte: Marianne Lechner, der Schwester seines Milchbruders Georg Lechner. Ein an Arnold Hau gerichteter Brief Mariannes vom 2. 5. 1920 ist erhalten geblieben. Er lautet:

Lieber Arnold, sei nicht bös,
meine Wirtin ist porös,
komm und schau sie dir mal an.
Tausend Grüße, Mariann.

Hau folgt dieser etwas scheinheiligen Einladung, und für eine kurze Zeit glaubt er, die wahre Natur des Menschen erkannt zu haben: Er ist ein Wesen, das Lust sucht und sich in Lust verwirklicht. Doch bald durchschaut er das Doppelgesicht des Eros. Der Lust ist ein steter Schatten beigesellt, der Ekel. Hau gerät zwischen diese beiden Pole, und nur indem er die Bedrohung gestaltet, kann er sich ihr entziehen.

Davon zeugen die Bildfolge »Froschkönig« und die Erzählung »Geheilte Liebesfolgen«. Sie ist als burgundische Chronik getarnt, schildert jedoch durchaus persönliche Erfahrungen. Erfahrungen, die auch in anderen Zeichnungen der gleichen Zeit ihren Niederschlag finden.

Der Froschkönig

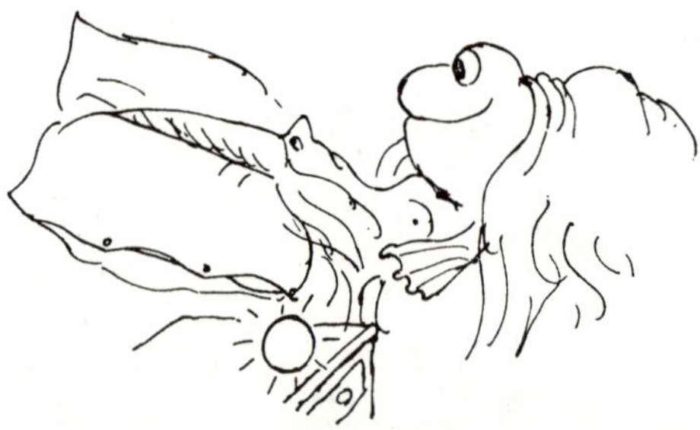

Geheilte Liebesfolgen
Aus burgundischen Chroniken

Früher, vor langen Jahren, als man die Schornsteine noch nicht kannte und die Krammetsvögel und Krickenten mit der bloßen Hand gefangen wurden, da herrschte Erwin Fil de Roi Lac über Burgund.
Er war weit und breit berühmt wegen seiner Sinnenlust und Weisheit. Auch an Entschlossenheit kam ihm keiner gleich, und habgierig war er, wie nur je einer aus Burgund. »Was ich hab, das hab ich!« war sein Wappenspruch, und weise pflegte er zuzugreifen, wenn er sich entschloß, seiner Lust zu frönen.
Einmal sah er von seinem Söller aus ein wunderschönes Mädchen in der Ferne. Das aber war die Küferstochter Isabell. Und ihr einmaliger Anblick ließ den Burgunder nicht mehr los. Fortan war er nur noch von einem Gedanken und einem Gefühl beherrscht: Isabell. Unaufhörlich wuchs sein Verlangen nach ihr – kein Zweifel: Erwin Fil de Roi Lac liebte. Und diese starke Liebe zu dem fremden Küfersmädchen wandelte ihn völlig. Unruhig, rastlos irrte er durch sein Schloß, kaum war er wiederzuerkennen. Wo war seine alte Entschlossenheit, wo sein sinnenkräftiges Wesen? Wo schließlich blieb seine Gier? Er war nur noch ein Schatten seiner selbst – zerrüttet und zerfallen.

Lange konnte es so nicht weitergehen. Auf Zuraten seiner besorgten Umgebung sagte sich endlich nach Monaten der Burgunderfürst: Länger trag ich es nicht mehr! Und er ließ nach der schönen Küferstochter schicken.
Sie kam auch sofort, hörte sein Werben und sein burgundisches Flehen und ward noch in selbiger Nacht seine Geliebte, ja, seine Frau.
Burgund hatte eine Fürstin, doch, was noch wichtiger war: wieder einen Herrscher. Rasch nämlich genas Erwin Fil de Roi Lac von seinem Liebesschmerz, ja, er blühte förmlich auf. Entschlossen blitzten seine Augen, er genoß neue und unbekannte Küferslüste und mehrte mit neuerwachter Habgier sein Reich, getreu seinem Wappenspruch. Und endlich bestimmte auch wieder alte burgundische Weisheit sein Handeln, und er sagte sich: Eine Küferstochter ist eine Küferstochter und letztlich auch nur eine Frau. Also, was solls?
Rasch entschlossen ließ er sie in ein Kloster bringen und feierte schon am nächsten Abend ein rauschendes burgundisches Schenkelfest mit zweiundzwanzig provençalischen Fürstenmädchen, die ihm zu Willen waren, auch als er ihre goldenen Knöchelkettchen einforderte und sie rechtzeitig des Landes wieder verwies, weil er zu neuen Taten einen klaren Kopf brauchte.

Aus Haus »Erotischem Skizzenbuch«

Zwei Herzen

Der liebestolle Schneemann

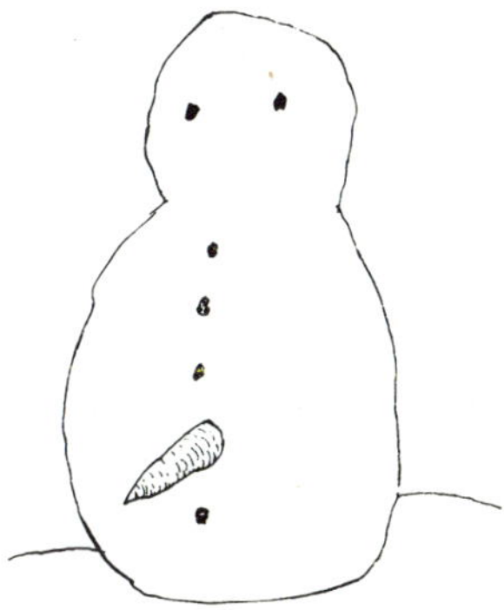

Königskinder – heute

Homo sapiens

1921. In Rilke gären die Duineser Elegien, Hermann Hesse arbeitet an dem Riesenwerk des »Siddhartha«, die erste dampfgetriebene Uhr legt die Stunde in der bis dahin für undenkbar gehaltenen Zeit von 27 Minuten zurück.

Auch für Arnold Hau beginnt in diesem Jahr ein neuer Lebensabschnitt: das Studium in Göttingen. Ein schmerzhafter Abschied von Marianne Lechner, ein Scheideblick aufs Vaterhaus, dann macht er erst mal Ferien bei seinem Onkel in Clausthal-Zellerfeld. Hier schreibt er das Gedicht »Heini Haberstroh«, das er Marianne widmet.

Heini Haberstroh

In Clausthal-Zellerfeld
da kriegt man was zu seh'n für sein Geld.
Da macht jeden Montag um elf
Heini Haberstroh ein Faß auf.
Das schmeißt er dann mit gottsjämmerlichem Fluch
an die Wand –
und macht einen blitzeblauen Fleck,
und schaut drein wie Martin Luther,
so grimmig und so froh.
Dabei ist er nur
Heini Haberstroh.

In seinem Begleitbrief schreibt Hau: »Wenn Du dieses Gedicht gelesen hast, wirst Du wissen, wie es um mich steht...«

»Nein«, notiert Marianne an den Rand – die Entfremdung nimmt ihren Anfang.

Hau beginnt sein Studium, er belegt die Vorlesungen des Germanisten Gorman, in dem er ein Vorbild sieht. Doch der bedingungslose Dienst am Wort, den Gorman predigt, ist Haus Sache nicht. Seine Seminararbeiten aus dieser Zeit heben sich erfreulich vom Dogmatismus der Gorman-

Schule ab – trotz oder gerade wegen der fast persönlichen Avancen, die Hau in einem Shakespeare-Referat dem Professor macht.
Mehr und mehr vernachlässigt er seine philologischen Studien. »Lieber lerne ich reiten, tanzen und voltigieren...« schreibt er seinem Onkel. Ob er diese Vorsätze wahrgemacht hat, wissen wir nicht, wohl aber nimmt Hau noch im selben Semester am Humor-Seminar von Prof. Emberdingkh teil, der damals an seinem grundlegenden Werk »Die Grundlagen der europäischen Komik« arbeitet.
Doch auch hier scheint es Hau nicht lange Spaß zu machen, zumal er mit seiner ersten selbständigen Arbeit, dem »Tractatus logico-humoristicus« in Emberdingkhs Seminar nur verhaltenen Spott und Gelächter erregt.
Nach diesem Fehlschlag schließt sich Hau enger an die sprachphilosophische Schule Eggelscher Prägung an, die zu der Zeit in Göttingen durch Professor Doenthsen vertreten wird. Doenthsen lobt Haus »Versuch zur Dialektik der Poesie«, doch private Zwistigkeiten, in denen auch Carla, die Stieftochter des Professors, eine undurchsichtige Rolle spielt, führen zum Eklat: Doenthsen streicht Hau aus der Hörerliste.
Noch einmal wechselt er die Studienrichtung. Im mathematischen Seminar nimmt er an Professor Glauburgs »Übungen zur komplexen Zahlentheorie« teil. Doch wieder hat er kein Glück. Seine »Zifferblätter« finden – aus Gründen, die ich noch näher erläutern werde – keinen Anklang.
Vom Studienbetrieb enttäuscht, beendet Hau das Sommersemester 1921, das er mit seinen germanistischen Referaten »Shakespeare und die deutsche Literatur« und »Goethe und Schiller« so verheißungsvoll begonnen hatte.

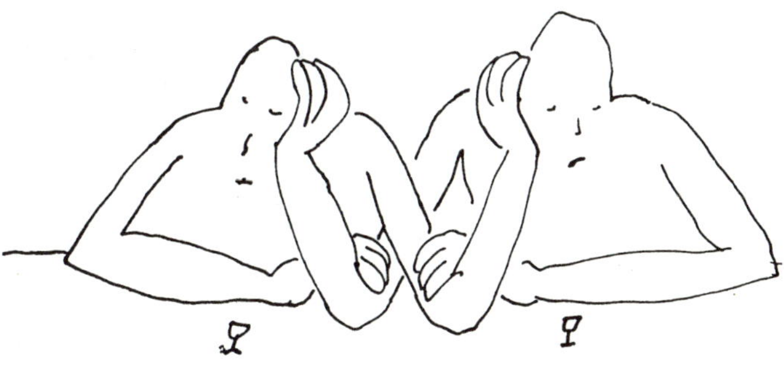

Die Frage stellt sich: Inwiefern bestehen Beziehungen zwischen Shakespeare und der deutschen Literatur? Gibt es Zusammenhänge, die nicht so ohne weiteres von der Hand zu weisen sind? Diese Arbeit soll zur Klärung dieser Frage beitragen, eine eindeutige Antwort aber kann man billigerweise nicht fordern.

Teilaspekte der Problematik lassen sich rascher klären:

So sind etwa die gegenseitigen Einflüsse, die Querverbindungen, Adaptionen, Strukturähnlichkeiten, Motivübernahmen sowie die wechselseitigen Aneignungen thematischer oder formaler Art sattsam bekannt.

Betrachten wir aber unser Thema unter kulturgeschichtlichen Perspektiven, so erhebt sich die Frage: war dies alles notwendig? Wäre – als Denkmodell – nicht auch ein Shakespeare vorstellbar, der unbeeinflußt und ohne Wirkung seine Dramen schreibt, und andererseits eine deutsche Literatur, die es ebenso hält. Hie Shakespeare also – und hie deutsche Literatur?

Solche Fragen stellen, heißt sich dumm stellen. Auf diese Weise Literaturgeschichte betreiben, hieße, von allen guten Geistern verlassen, einem bequemen Wunschdenken anhängen, das früher oder später zu völliger Ignoranz führt. Beziehungen zwischen literarischen Phänomenen leugnen kann nur der, der keine Ahnung von dieser Materie hat. Denn wie schon Prof. Gorman mit Recht in seinem Buch »Shakespeare und die deutsche Literatur« schrieb: »Wer Beziehungen zwischen literarischen Phänomenen einfach leugnet, setzt sich dem Verdacht unwissenschaftlicher Betrachtungsweise aus« und, am angeführten Ort: »Die stete Wechselwirkung zwischen Shakespeare und den Werken deutscher Schriftsteller ist eine Tatsache, an der wir uns nicht vorbeieskamotieren können.«

Wir dürfen uns den Zusammenhang, den unser Thema anreißt, im Bilde einer Schaukel vorstellen – Shakespeare an einem Ende, am andern unser Schrifttum. Beide Partner verfügen zwangsläufig über beträchtliches Eigengewicht, sind somit wohl zu unterscheiden. Aber durch die Mechanik der Schaukel – die

dem Kontinuum der Literarhistorie in etwa entspricht – ist ein unlösbarer Bezug geschaffen.
Auch der Vergleich mit einer Lawine sei herangezogen – einer Naturkraft, die im stetigen Rollen alles in ihre Bewegung miteinschließt. Das Bild vom Echo bietet sich an – wie Shakespeare in den deutschen Dichterwald hineinrief, so tönte es spätestens am Ende des 18. Jahrhunderts heraus.
Jedoch, das sei abschließend festgestellt – alle diese Vergleiche hinken. In Wirklichkeit sind die beschriebenen Verhältnisse wesentlich komplizierter. Shakespeare hat noch mehr mit der deutschen Literatur zu tun, als sich unsere Schulweisheit träumen läßt.

Goethe und Schiller

Die Nennung dieser beiden Namen soll uns hier beschäftigen.
Da ist zunächst Goethe. Er ist, insbesondere wenn er isoliert angeführt wird, durchaus ohne Schiller zu denken. Ebenso Schiller, der nicht unbedingt die Addition, die syndetische Verknüpfung mit »Goethe« braucht. (Ich verweise auf die Inschrift an seinem Geburtshaus in Marbach. Dort ist nur von Schiller die Rede.)
Beide, sowohl Goethe als auch Schiller, haben ihre dichterischen Arbeiten nur mit einem, meist ihrem eigenen Namen unterzeichnet. Wir sehen, der Anwendungsbereich der Doppel-Nennung »Goethe und Schiller« ist begrenzt. Sie erfüllt ihren Zweck an dem Denkmal von Rietschl, das tatsächlich beide Dichter darstellt. Dieses Monument, ein Sinnbild der Doppelformel Goethe und Schiller, ist ohne einen von beiden schwer vorstellbar. Fehlte einer, es verdiente kaum den Namen eines Goethe-und-Schiller-Denkmals.
Bei dem Denkmal von Dannecker in Stuttgart dagegen fehlt einer. Dannecker nannte das Werk: Schiller. Wir schließen daraus, daß es sich bei dem Fehlenden um Goethe handelt.

Arnold Hau bereitet seine Arbeit für Prof. Emberdingkhs Humor-Seminar intensiv vor. Es ist ein vollgeschriebenes Doppelheft erhalten, die »Prolegomena, Parerga und Paralipomena zum Tractatus logico-humoristicus«. Drin finden sich neben Excerpten und Zitaten aus Hegel, Giordano Bruno, F. Th. Vischer, Max Eyth und Abraham a Santa Clara auch durchaus eigenständige Notizen.
So etwa:
»Nicht vergessen: neben der Schermaus ist der Mensch das einzige Wesen, das lachen kann.«
»Ein trauriger Clown muß auch ein fröhlicher Tragöde sein – über beide lacht man.«
»Jedoch: Gäbe es gar keinen Unterschied zwischen Spaß und Trauer, so wären Ausdrücke wie ›Spaßkloß‹ und ›Trauervogel‹ durchaus alltäglich.«
»Ich weiß, woher ich komme
ich weiß, wohin ich geh,
ich weiß auch, wo ich bin –
was wunders, daß ich fröhlich bin.«
Jedoch gewinnen diese Sprüche erst ihre Evidenz im Zusammenhang mit Haus Hauptarbeit, dem »Tractatus«, der leider bei Emberdingkh keinen rechten Anklang fand.

Tractatus logico-humoristicus

1. Der Humor zerfällt in drei Teile.
2. Dargestellt am Beispiel des Nilpferdes lauten sie:

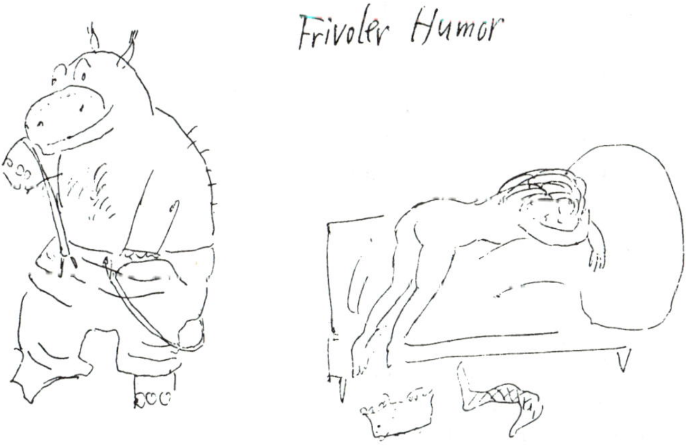

3. Was sich nicht unter diesen Kategorien subsumieren läßt, ist nicht oder nur bedingt als Humor anzusprechen.
4. Wovon man nicht reden kann, darüber kann man lachen.

Im Seminar Professor Doenthsens entsteht die folgende, anfangs begeistert aufgenommene Arbeit. Als der Professor jedoch ähnliche, von Hau handgeschriebene Verse in der Nachttischschublade seiner Tochter Carla findet, nimmt er plötzlich Anstoß an der angeblich unsittlichen Thematik und verstößt Hau aus dem Seminar. Wie die Verse in die Nachttischschublade des jungen Mädchens gekommen sind, wird wohl für immer ein Rätsel bleiben. Hau notiert in sein Tagebuch: »Dort werde ich doch nichts liegengelassen haben, oder?«

Versuch über die immanente Dialektik der Poesie

Inwieweit kann wechselnde Form den jeweiligen Gehalt eines Gedichtes bei gleichbleibender Thematik verändern?

A1) Thema im 3-hebigen Vierzeiler:

Kam einst ein armer Schlucker,
zog sich die Hosen aus.
Wie schrien da die Mucker
und warfen stracks ihn raus!

A2) Thema im alternierend 3- und 4-hebigen Vierzeiler:

Ein Schlucker, der löste den Träger,
und viele schauten ihm zu.
Es riefen die Mucker: Da ist etwas los!
Und küßten ihm freudig die Schuh.

A3) Thema in 2-hebigen Kurzstrophen:

Schlucker kam
in die Stadt,
die ihm nahm
was er hatt'.
Ohne Hemd
völlig nackt,
allen fremd –
weggejagt.

A4) Thema im Volksliedton:

Ein Männchen steht im Hemde
auf einem Bein;
es kommt grad aus der Fremde
enttäuscht und ganz allein.

A5) Thema in klassischen Blankversen:

Häuser stehn in straßenlanger Zeile,
Menschen gehen ohne große Eile.
Dort – ein dickes Mädchen
huscht besessen kreuz und quer durchs Städtchen.
Wolken hängen regenschwer;
Wind treibt eine Hose vor sich her...

Als Mathematiker liefert Hau nur ein kurzes Gastspiel. Hinter all den Differentialen, Katheten, Tangenten, Ebenen und Zahlen sucht er mehr als nur abstraktes Wissen, er sucht das Menschliche. Und er findet es. Seine »Zifferblätter«, auch heute noch die geglückteste Synthese zwischen Gestaltpsychologie und komplexer Mathematik, entstehen. Doch Prof. Glauburg lehnt diese Forschungsergebnisse, die ihrer Zeit um 256 Jahre voraus sind, als unwissenschaftlich ab.

Zifferblätter

Homo ludens

Durch einen Zufall findet Hau im März 1921 zum Drama. Er lernt auf einer Sprungschanze Georg Winters, den Komischen Alten der Städtischen Bühnen Göttingen, kennen und darf an den Proben zu dem Weihnachtsspiel »Zwerg Punkelchens Brautschau« teilnehmen.

Hau ist von der neuen Welt begeistert. Es bleibt nicht bei dem einen Besuch, bald ist er häufiger Gast im Theater. (»Es war nicht nur das Schauspiel, das mich anzog«, vertraute er mir später an, »es war auch eine Schauspielerin...« Doch auf mein »Olala« verstummte er.)

Gleichviel, der spielende Mensch, der auf der Bühne mit den drei heiligen K's, wie Iffland sie nannte: Kulisse, Kostüm, Text und Farbe, eine neue, der wirklichen an Anmut überlegene Welt schafft, begeistert ihn. Er schreibt selbst zwei Dramen, den »Sängerkrieg auf der Wartburg«, ein Singspiel, das in vielen Szenen Elemente der Zauberposse und des bürgerlichen Trauerspiels vorwegnimmt, und das Schauspiel »Die Übergabe von Breda«, mit dem er völlig neue Wege geht. Als Anregung diente Hau das gleichnamige Gemälde des Diego Velàzquez, mit seinem Drama hofft er eine neue Form des Gesamtkunstwerks schaffen zu können. Eine Form, die die unnatürliche Spaltung der Künste in Wort- und Bildkunstwerk überwinden und Freunde der Farbe und der szenischen Aktion in gleichem Maße ansprechen soll.

»Wenn die Fähigkeiten und Möglichkeiten aller Künste mit einem Male auf das Volk losgelassen werden, dann wird es die Kunst zur Kenntnis nehmen müssen, ob es will oder nicht«, notiert Hau. Doch keine Bühne hat den Mut, seinen Anregungen zu folgen. Wieder einmal ist er seiner Zeit allzuweit voraus.

Der Sängerkrieg auf der Wartburg
Festspiel in einem Akt

Teilnehmer des Sängerkriegs:

Neidhardt von Kreuzberg
Oswin von Wolkenbruch
Wolfram von Eschenbach
Tannhäuser
Hugo von Hoffmannsthal
Graf Karl von Wartburg
Zween Schiedsrichter

Szene: *Auf der Bühne ist eine mittelalterliche Burganlage aufgebaut, mit mannshohen Türmen, Gebäuden und Giebeln. Auf den dicken runden Burgfried inmitten des Hofes klettert der jeweilige Sänger. Die Sänger sitzen auf den Gebäuden und Türmen und unterhalten sich mit den Schiedsrichtern.*
Graf von Wartburg erscheint in Eile.
GRAF VON WARTBURG: Meinen Gruß, Ihr Herren. Laßt Euch nicht stören. Ich such nur meinen Harnisch. *Sucht. Beiseit:* Ist wohl woanders. Hm. *Laut:* Na, da gibts ja heut noch Musik. Das hat man nicht alle Tage. Viel Spaß.
Er geht eilig wieder weg. Die Sänger knobeln um die Reihenfolge. Oswin von Wolkenbruch gewinnt überlegen.
ERSTER SCHIEDSRICHTER: Oswin fängt an. Alles klar? Also los. Bitteschön, Herr Oswin von Wolkenbruch.
TANNHÄUSER: Bitte um Entschuldigung, aber…
ERSTER SCHIEDSRICHTER: Ja, was ist denn, Herr von Tannhäuser?
TANNHÄUSER: Wollt nur nochmals mich vergewissern. Mir ist da eines noch nicht klar…
ERSTER SCHIEDSRICHTER: Was denn?
TANNHÄUSER: Wie ist das denn bitte mit dem… ich wüßt gern…

ERSTER SCHIEDSRICHTER: Also worum handelt es sich denn, Herr von Tannhäuser?
TANNHÄUSER: Ach – ist schon gut. Vergaß, was ich fragen wollt. War sicher nicht so wesentlich. Verzeiht!
ERSTER SCHIEDSRICHTER: Können wir nun anfangen? Nochmals: Ein Lied pro Teilnehmer. Es wird mittelhochdeutsch gesungen. Herr Oswin, bitte sehr!
Oswin von Wolkenbruch klettert auf den Burgfried. Klettert wieder herunter. Hat Laute vergessen. Holt sie. Klettert wieder hinauf.
TANNHÄUSER: Bitte um Entschuldigung. Eine Frage…
ERSTER SCHIEDSRICHTER: Ja, was ist denn schon wieder?
TANNHÄUSER: Bitteschön, wird das Klettern auch schon bewertet?
ERSTER SCHIEDSRICHTER: Natürlich nicht. ’s kommt nur auf die richtige Deklination und Formenbildung an, das wissen Sie doch. Aber nun los. Herr Oswin, Sie haben sich jetzt die erste Deklination vorgenommen. Bitte Ihre Ablautreihen.
OSWIN VON WOLKENBRUCH *präludiert ein paar Takte auf der Laute und beginnt dann:*
schriben schreib schriben geschriben
riben reib riben geriben
ligen leig ligen gelogen
dihen dech digen gedigen
trihen trech trihen getrigen
Wafna!
Kurzes Nachspiel; starker Beifall.
ERSTER SCHIEDSRICHTER: Dankeschön, Herr Oswin von Wolkenbruch. Sie haben sich die erste Deklination zum Thema gesetzt und haben alles Wesentliche mit den vier a-verbo-Formen ausgedrückt. Ich fand das sehr schön, sehr straff.
ZWEITER SCHIEDSRICHTER: Besonders die Prägnanz der O-Hochstufe. Und die verspielte Pointe des Schlußrufes. Mhm! Sie wollen etwas dazu sagen, Herr von Tannhäuser?
TANNHÄUSER: Ja nun – ich fand das Lied – also ich möchte sagen – doch, doch, sehr schön, sehr straff. Wunderbar, wirklich.
Gemurmel der übrigen.

ERSTER SCHIEDSRICHTER: Ja, was ist denn? Herr von Eschenbach, möchten Sie etwas dazu sagen?

WOLFRAM VON ESCHENBACH: Ja – nein – ich meine…

NEIDHARDT VON KREUZBERG: Die vielen ›i‹ haben ihm nicht gepaßt.

WOLFRAM VON ESCHENBACH: Ja, das wars wohl. Etwas viel i's. Aber sonst sehr straff, ehrlich.

ZWEITER SCHIEDSRICHTER: Schön, dann können wir nun zum nächsten Sänger kommen. Wer ist dran? Herr Neidhardt? Bitteschön!

Der Graf von Wartburg erscheint in Eile.

GRAF VON WARTBURG: Nicht stören lassen, nicht stören lassen. Hat vielleicht einer der Herren mein Pferd gesehen? Schwarze Stute? Nicht hier? Muß wohl woanders sein. Nichts für ungut. *Beim Abgehen:* Ah! Sie sind schon am Singen? Fein, sehr fein! *Ab.*

Neidhardt ist raufgestiegen. Singt.

NEIDHARDT VON KREUZBERG:
brimmen bram brummen gebrummen
rimmen ram rummen gerummen
trimmen tram trummen getrummen
brimmen bram brummen gebrummen –
Tandaradei!

Springt herab.

ERSTER SCHIEDSRICHTER: Schon aus? Sehr schön, sehr schön! Das war also die dritte Ablautreihe, die dritte Deklination! Ganz treffend. Gedrungen. Gut die Wiederkehr der Anfangsreihe.

ZWEITER SCHIEDSRICHTER: Wirklich schön. Haben Sie alle bemerkt, wie der Doppelnasal die Brechung verhindert hat? Das nenn ich das Hohelied der Grammatik.

TANNHÄUSER: Fand ich auch! Besonders das mit dem »rimmen« war gut, nicht?

WOLFRAM VON ESCHENBACH: Wenn ich noch etwas dazu sagen darf? …

ERSTER SCHIEDSRICHTER: Aber bitte!

WOLFRAM VON ESCHENBACH: Nun, ich finde, es waren nicht mehr so viele i drin.

ZWEITER SCHIEDSRICHTER: Und? Halten Sie das für gut, oder...

WOLFRAM VON ESCHENBACH: Je nun, ich weiß nicht...

Allgemeines Gemurmel der Ungeduld.

ERSTER SCHIEDSRICHTER: Ja? Noch jemand was dazu zu sagen?

ZWEITER SCHIEDSRICHTER: Herr von Hoffmannsthal, Sie?

HUGO VON HOFFMANNSTHAL: Nein.

ERSTER SCHIEDSRICHTER: Gut, dann können wir weitermachen. Herr von Eschenbach, Sie sind dran.

TANNHÄUSER: Entschuldigen Sie bitte...

ERSTER SCHIEDSRICHTER: Was ist denn schon wieder?

TANNHÄUSER: Eine Frage: was machen wir, wenns regnet?

ZWEITER SCHIEDSRICHTER: Welche Frage! 's ist doch herrlichstes Wetter...

TANNHÄUSER: Ich meine ja nur, wenn... im Falle daß...

ZWEITER SCHIEDSRICHTER: Ach was! Stören Sie doch nicht immer! Wer ist jetzt dran? Bitte, Herr von Hoffmannsthal!

Hugo von Hoffmannsthal klettert rauf und beginnt.

HUGO VON HOFFMANNSTHAL:
Im Märzen der Bauer die Rößlein anspannt
dann werfen die Mägde die Saat in den Sand
er pflüget...

Gemurmel, Pfeifen.

ERSTER SCHIEDSRICHTER: Bitte um Ruhe. Ja, Herr von Hoffmannsthal, ich weiß nicht –. Sie haben sich da vielleicht nicht so recht an die Vorschriften gehalten... Sie sollten doch die Deklinationen...

HUGO VON HOFFMANNSTHAL: Kommt ja gleich – bittesehr:
er pflüget, pflouc, pfloge, gepflogen
er zieget, zouc, zuge, gezogen
es bliuwet, blot, blouwe, geblouwen
und so fortan!

ERSTER SCHIEDSRICHTER: Danke, Herr von Hoffmannsthal. Fein. Sehr raffiniert in fremde Bezüge eingebettet – das Lehrhafte und das Lyrische, nicht wahr...

ZWEITER SCHIEDSRICHTER: Ich halte auch das Faktische daran für sehr subtil. Was meinten Sie eben, Herr von Tannhäuser?

Tannhäuser, der während des ganzen Wettbewerbs immer wieder aus einer kleinen Flasche trinkt, steht auf, wankt etwas.

TANNHÄUSER: Find ich gelungen. Oho, die Mägde!

Fängt zu lachen an und droht dem Vorsänger mit dem Finger.

ERSTER SCHIEDSRICHTER: Fanden Sie diese Verknüpfung von Formenlehre und Frühlingsallegorie so komisch?

TANNHÄUSER: Na! Ich möcht nur sagen: das kann ich auch!

ZWEITER SCHIEDSRICHTER *kühl*: Bittesehr, Sie haben jetzt Gelegenheit, Ihre Fähigkeiten zu zeigen. Sie sind dran.

Tannhäuser klettert auf den Turm, zieht eine Blockflöte hervor und beginnt Triller zu blasen. Gemurmel und Geschrei der übrigen.

ZWEITER SCHIEDSRICHTER: Ruhe! So geht's ja nun nicht, Herr Tannhäuser!

TANNHÄUSER: Stimmt. Zur Flöte kann ich nicht singen. Kann kein Mensch. Sie auch nicht, da unten Sie!

ERSTER SCHIEDSRICHTER: Wir warten!

TANNHÄUSER *wirft die Flöte runter und singt sehr laut*:
Der Frühling ist ein fetter Mann,
so recht aus Bier und Butter.
Er hat ein rotes Köpfchen an
als wie der Doktor Lutter.
Juppheidi und jupphei...

Gemurmel und Rufe. Verhaltenes Lachen.

ERSTER SCHIEDSRICHTER: Was soll das mit den Deklinationen zu tun haben?

TANNHÄUSER: Überhaupt nichts. Eins nach dem andern. Jetzt kommts. Aufgemerkt! Los!
zwicken zwack zwocken gezwucken
ich du er sie es wir ihr sie
eins zwei drei vier fünf sechs sieben
wo ist denn mein Hut geblieben
zwick zwack zwock –
bist ein alter Bock
Hollodrio...

BEIDE SCHIEDSRICHTER: Schluß! Sie sind disqualifiziert! Aufhören!

TANNHÄUSER:
Lirum larum Löffelstiel
wer viel trinkt, der macht auch viel…

Tumult. Graf von Wartburg erscheint in Eile.

GRAF VON WARTBURG: Oh, verzeihen Sie. Nicht stören lassen. Ich suche mein Pferd. Schwarze Stute, wissen Sie. Niemand gesehen? Aber meine Herren, was ist denn…

Großer Tumult. Die Schiedsrichter zerren Tannhäuser vom Turm, die andern Sänger aber haben inzwischen Tannhäusers Verse aufgegriffen, singen, tanzen, entreißen den Schiedsrichtern den Tannhäuser, heben ihn auf die Schultern und tragen ihn im Reigen um den Turm.

CHORUS *jauchzend*:
lirum larum Löffelstiel
wer viel trinkt, der macht auch viel
eins zwei drei vier fünf sechs sieben…

ERSTER SCHIEDSRICHTER: Aber was soll denn das! Herr Graf, sehen Sie selbst. Solch ein Auftritt! Was hat das noch mit einem Sängerkrieg zu tun… weh, weh…

Der Tanz wird wilder, die Schiedsrichter und der Graf werden gepackt und mitgerissen – lärmend ziehen alle ab, verschwinden in der Ferne. Hinter einem Haus kommt ein schwarzes Pferd hervor, geht über die Bühne. Das Licht erlischt. Aus der Ferne Geschrei.

Die Übergabe von Breda
Dramatische Szene aus Niederlands schwerster Zeit

Die Bühne ist hell erleuchtet. Das Licht ist leicht grünlich gefärbt. Die Bühne ist anfangs leer, im Hintergrund eine weite offene Landschaft, die Silhouette von Breda.

Ein Landsknecht kommt pfeifend auf die Bühne, geht wieder. Zwei Spanier treten auf.

ERSTER SPANIER: Caramba! Usted es Generale Hoyckenpouten?

ZWEITER SPANIER: Non capito.

Zuckt mit den Achseln. Beide mit ärgerlichen Mienen ab. Die Bühne bleibt eine Zeitlang leer, der Zwischenraum kann mit Musik ausgefüllt werden.

Zwei Holländer von links.

ERSTER HOLLÄNDER: Her schall den spanjen Generalen sin, man wo is de olen Groitelboitel?

ZWEITER HOLLÄNDER: Er hat wohl nich ousm bett gefounden.

Gelächter. Die Holländer lassen sich zur Linken nieder. Sie holen Würfelbecher heraus und würfeln um die Vorlage. Sie beginnen einen verdeckten Hamburger.

Von rechts vier Spanier.

ERSTER SPANIER: Madre dios, come esta. Que non a visto Breda, ha visto neda!

Zustimmung. Die Spanier setzen sich, holen ein Kartenspiel aus der Tasche, mischen, beginnen einen Doppelkopf.

Von links mehrere Holländer, einer führt ein Pferd.

DER HOLLÄNDER: General Villafrancia soll mir mal de Trassen verbrassen!

Die Holländer setzen sich, lachen, einem werden die Augen verbunden, sie spielen Blindekuh. Die Bühne füllt sich, von rechts kommen Spanier, Soldaten mit Lanzen, Edelleute, sie warten erst unschlüssig, machen es sich dann bequem und beginnen verschiedene Brett-, Würfel-, Lauf- und Kreiselspiele. Von links Holländer, es wird immer voller, sie spielen Jojo, Bring den alten Mann ins Bett, Mein linker Platz ist leer, Städteraten, Murmeln. Ein Engländer tritt auf. Er ist lang, hat vorstehende Zähne, einen karierten Anzug.

Dieses Bild des Spaniers Velázquez, »Die Übergabe von Breda«, regte Hau zu seinem Drama an. Selten hat ein Gemälde schönere Folgen gehabt.

Immer wieder haben sich Künstler des Alkohols und der Rauschgifte bedient, um die Inspiration zu erzwingen. Wie Poe, Baudelaire und Benn suchte auch Hau hin und wieder jene »künstlichen Paradiese« auf, doch nicht selten kehrte er enttäuscht aus ihnen zurück. So auch am 2. 4. 1942. Einzige Ausbeute der im Rausch verbrachten Nacht war der Zweizeiler
»Komm doch ran
Dschingis-Khan!«
Haus selbstkritischer Kommentar:
»Schade um das Kokain!«

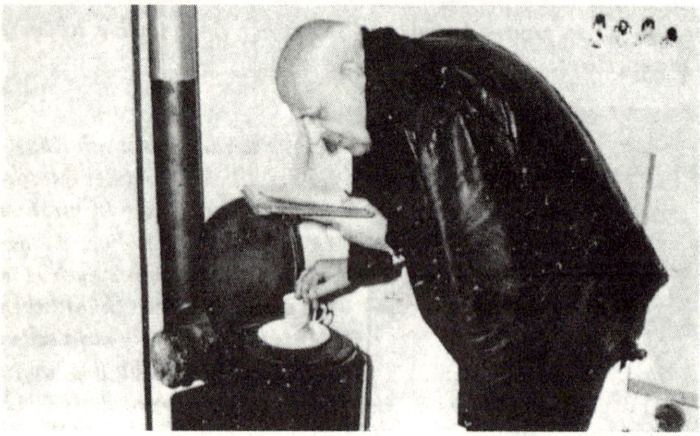

Arnold Hau lag nichts daran, den Künstler zu spielen. Er schätzte die kleinen Freuden des Lebens: einen guten Tropfen, ein gutes Buch, sein Pfeifchen (Burgwedel 1959). Doch es gab auch den Bohemien Hau. Im kalten Winter 1961 entstand die zweite Aufnahme. Ist der asketischen Gestalt abzulesen, daß Hau zur selben Zeit sein »Ja zum Leben« verfaßte?

DER ENGLÄNDER *bei sich*: O my, what a lot of people.
Zu den Holländern mit deutlichem Akzent: Hewt je General Hoyckenpouten geblikken? Ik bin de Dolmetsch.
EIN HOLLÄNDER: Im schall in feif Minuten her lang klabastern.
Neue Holländer von links, sie beginnen Stech-, Tanz- und Ringelspiele.
DER ENGLÄNDER *zu den Spaniern*: Cherco Generale Villafrancia. Sono il traduce.
Lachen bei den Spaniern, Rufe: Uno momento, arriba los manos!
Der Engländer holt einen Kricketstab hervor, da ertönen Trompetensignale, die Spiele verschwinden, die Soldaten beider Heere stehen auf und formieren sich nach dem bekannten Bild von Velázquez.
Von links kommt ein holländischer General. Er trägt einen Schlüssel. Von rechts nähert sich der spanische General.
Ein Moment völliger Ruhe.
DER SPANISCHE GENERAL: Buenos dias! In moras perditas alla mania tedesca, voi chalanguete Breda!
DER ENGLÄNDER *zum holländischen General*: Chouten Tag, je schallt Breda ouwergewen!
DER HOLLÄNDISCHE GENERAL: Chouten tach! Is da nieten an ze fietsen?
DER ENGLÄNDER: Es nada por manquar?
DER SPANISCHE GENERAL: Nada.
DER ENGLÄNDER: Nieten te makken!
DER HOLLÄNDISCHE GENERAL: Ik schall Breda ouwergewen?
DER ENGLÄNDER: Per donar chalanguer Breda?
DER SPANISCHE GENERAL: Si!
DER ENGLÄNDER: Ja!
DER HOLLÄNDISCHE GENERAL: Da is wol andemeiten nix te andern.

Er übergibt den Schlüssel, der spanische General legt ihm die Hand auf die Schulter, die Soldaten beider Heere zeigen Zeichen der Rührung. Tränen, alle singen gemeinsam die Marseillaise. Vorhang.

1922. Das Kultusministerium der UdSSR veranstaltet einen Wettbewerb, der »alle fortschrittlichen Geistesschaffenden in aller Welt« aufruft, in Gedicht oder Erzählung den Sieg des Sozialismus zu unterstützen. Das veranlaßt Arnold Hau, die untenstehende Arbeit einzureichen. In einem Begleitbrief gibt er seiner Hoffnung Ausdruck, daß sein Beitrag die Proletarier aller Länder zum letzten Gefecht anstacheln möge.
Doch die Hoffnung trügt. Im November 1922 erhält er seine Arbeit mit einem nichtssagenden Briefvordruck zurück. Tief enttäuscht verzichtet er während der nächsten Jahre auf politische Stellungnahmen.

Trinklied auf die Oktoberrevolution

Hoch die Tassen,
Hoch die Gläser!
Preist in frohem Sängerton,
Was wir jetzt besingen wollen:
Die Oktoberrevolution.
Trallallalla, Trallallalla die Oktoberrevolution!

Hoch die Becher,
Trinkt auf Lenin!
Er verdient der Treuen Lohn,
Denn er war der Initiator
Der Oktoberrevolution.
Trallallalla, Trallallalla die Oktoberrevolution!

Hoch die Kelche
Für den Trotzki!
Er zerbrach die Reaktion.
Und erstritt in heißem Kampfe
Die Oktoberrevolution.
Trallallalla, etc.

Stimmt mit ein,
Ihr edlen Sänger!
Bald weiß es die Erde schon,
Daß die Zukunft ihr gehört:
Der Oktoberrevolution.
Trallallalla, etc.

Quo vadis, Mensch?

1923. Arnold Hau beginnt sein Studium vollends zu vernachlässigen. Auf seine Frage, die Frage nach dem Menschen, erhält er in den Seminaren keine Antwort. »Der eine sagt so, der andere so, dieser das, jener dies...« *Die Anmerkung ist charakteristisch für die quälenden Zweifel eines Studiums.*

Niemand hilft ihm weiter. Als er die Frage im Salon der Freifrau von Kolm, in den ihn der Schauspieler Winters eingeführt hat, anschneidet, stößt er auf blanken Zynismus: »Die einzig brauchbare Anthropologie hat die Eisenbahn entwickelt: der Mensch ist entweder Raucher oder Nichtraucher.«

Doch auch er selbst ist seiner Bestimmung ungewisser denn je. Ist er Maler, Dichter oder Denker? Hau beginnt wieder zu zweifeln und zu zeichnen, und unter der Hand gerät ihm die Bildreihe »Quo vadis« zum Symbol seiner rätselhaften Existenz, ja, des Menschen überhaupt.

Quo vadis

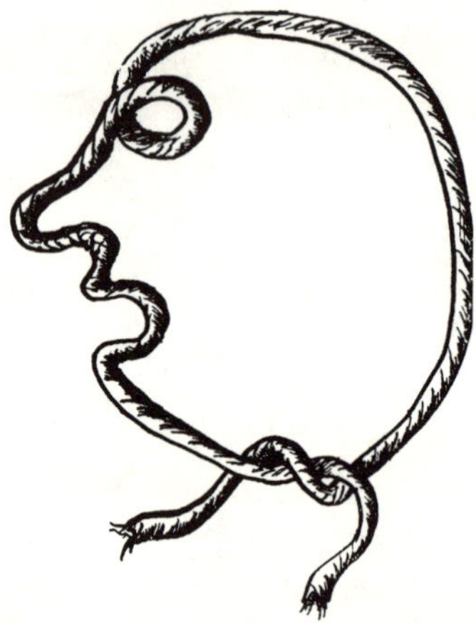

Der mittlere Hau

Alle Zäsuren, die nachträglich das Leben eines Menschen gliedern und übersichtlicher machen sollen, sind zwangsläufig umstritten. Doch so, wie man erkannt hat, daß mit der Übersiedelung Goethes nach Weimar dessen Jugendzeit zu einem gewissen Abschluß gelangt ist, so kann man auch bei Arnold Hau die Feststellung machen, daß ein vordergründig biographisches Faktum eine neue Phase in seinem Leben und Schaffen einleitete:

Sein Onkel in Clausthal-Zellerfeld stirbt im August 1923 und hinterläßt ihm, dem Lieblingsneffen, eine recht beträchtliche Erbschaft in fest verzinslichen Liegenschaftsobligationen, Dauerwerten und Gold. Hau weiß sofort, was er zu tun hat: er bricht sein Studium ab, da er jetzt nicht mehr an das Erlernen eines praktischen Berufs denken muß, und er legt das Vermögen – darin dem Vorbild Schopenhauers und Kierkegaards folgend, so in festverzinslichen Liegenschaften, Dauerobligationen und Goldwerten an, daß er bis zum voraussichtlichen Ende seines Lebens ein Auskommen hat.

Er reist in die Heimatstadt, um den Vater von seinem Entschluß zu unterrichten. Doch er findet bei ihm kein Verständnis. Es kommt zu einem Bruch zwischen Vater und Sohn, der nie wieder heilen sollte.

Arnold Hau packt die Koffer – seine Wanderjahre beginnen. In der Bahnhofsgaststätte von Winsen a. d. Luhe treffe ich ihn das erste Mal. Ich hatte einen Kaffee bestellt und wartete auf den Zug nach Hamburg, als ein junger Mann mit einem gelben Koffer den Warteraum betrat und forschend um sich blickte. Er kam langsam näher, und sein angespannter Gesichtsausdruck veranlaßte mich zu der Frage: »Suchen Sie etwas?«

»Ja, natürlich«, antwortete er, »ich bin auf der Suche – jeder von uns ist das doch wohl!«

Und er verließ den Raum wieder.

Der Zufall wollte es, daß wir uns im Zug nach Hamburg gegenübersaßen. Wir kamen ins Gespräch, und das erste Mal erlebte ich jene Faszination, die sich bei jedem meiner späteren Gespräche mit Arnold Hau wieder einstellen sollte. An das meiste, worüber wir sprachen, kann ich mich nicht mehr erinnern. Doch unvergeßlich bleibt mir der Ernst, mit

dem er erklärte, daß er sein Studium aufgesteckt habe, um nun ordentlich was zu erleben. Damals verstand ich es noch nicht, diese Worte zu deuten. Heute weiß ich, daß Arnold Hau damit sagen wollte, daß er sich am Beginn seiner ruhelosen Wanderjahre befand.
In Hamburg trennten wir uns; ich lud ihn ein, mich doch bei Gelegenheit zu besuchen.
»Aber gern«, erwiderte er.
Seitdem verfolge ich seinen Lebensweg.
Was ist nun das Neue, das seine Arbeiten der Jahre nach 1923 auszeichnet? Der junge Hau hatte, wie jeder junge Mensch, nach Sinn und Aufgabe eigenen und anderen Menschseins gefragt. Er hatte erlebt, was jedem jungen Menschen zustößt, der mit offenen Sinnen durch die Welt geht: Zweifel an der Religion, die Macht des Eros, die Erfahrung der Wandelbarkeit, die Falschheit und Verschlagenheit der Mongolen, das Lachen und die Enttäuschungen, die vierfache Wurzel des Satzes vom zureichenden Grunde, sowie die Vergeblichkeit politischen Wirkens. Doch was lernen die Jugendlichen im allgemeinen aus diesen Erfahrungen? So ist es nun einmal, sagen sie, man muß sich damit abfinden und versuchen, das Beste daraus zu machen. Sie fragen nicht weiter, gründen eine Familie, kaufen Hof und Haus, wiegen bald ein Kind und schauen aus der Stube behaglich ins Feld hinaus.
Anders Hau. Er gibt sich nicht zufrieden, er will, trotz Lust und Schmerz, was Rechtes in der Welt vollbringen und setzt seine Suche fort. Das Neue ist, daß er sie systematisch fortsetzt. Er will sich immer strebend bemühen, jede Möglichkeit des Menschseins zu erproben, zu erleben, zu gestalten. Proteushaft schlüpft er von Rolle zu Rolle, von Form zu Form. In allen Künsten und Lebensformen ist er zu Hause. Ist Bürger und Bohemien, Zeichner und Matrose, Dichter und Bauer, Zar und Zimmermann, Reisender und Seßhafter. Doch hinter den vielen Wandlungen steht der Wunsch, Antwort zu erhalten.

Der Mensch Karl Mangold

Ab 1924 lebt Arnold Hau eine Zeitlang als stiller Teilhaber in Düsseldorf, bereist dann die Provence und läßt sich schließlich für eine Woche in St. Moritz nieder.
Dort schreibt er den dreiteiligen Zyklus der Mangold-Lieder. Gibt es ein Vorbild für diesen Karl Mangold, eine der plastischsten Figuren, die Hau je schuf? Ja. Es ist der Privatier Karl Mangold, den Hau in Zürs kennenlernt. Der hat viel erlebt, braucht jedoch Geld. Hau erkennt sofort seine Chance. Oft hat er seinen Mangel an Welterfahrung beklagt, der seine Suche nach dem verbindlichen Menschenbild so schwierig macht. Jetzt steht er jemandem gegenüber, der das Leben kennt. Hau bietet ihm ein Geschäft an: für 200 sfr kauft er Mangolds Erfahrungen und verarbeitet einige in den folgenden Gedichten. Andere finden ihren Niederschlag in einem Roman, »Aktien«, an dem Hau damals arbeitet. Das Manuskript geht jedoch verloren. Erhalten sind nur Auszüge, die ich bei einer Lesung Arnold Haus mitstenographieren konnte.

Der Einbruch

Morgens früh um sieben brach
ein Dieb in Mangolds Schlafgemach,
der wacht' auf und gab gut acht
auf alles, was der Räuber macht.
Als erstes nahm der Eindringling
vom Nachttisch Mangolds Siegelring.
Eindringlich warnte Mangold ihn,
da legt' den Ring er wieder hin,
griff gleich darauf zur Schmuckkassette
und stahl daraus die Perlenkette.
Auch die, wenngleich mit Widerstreben,
mußte er jenem wiedergeben.
Dann raubte er die Weckeruhr,

doch Mangold war ihm auf der Spur,
schlug sie sofort ihm aus der Hand.
Sehr bald hat Mangold ihn ertappt,
wie er ein Schränkchen aufgeklappt.
Er sagt' ihm, das sei streng tabu
und schlug das Schränkchen wieder zu.
Der Dieb jedoch ließ noch nicht locker,
stieg in der Küche auf den Hocker,
griff vom Regal den Eisschrankschlüssel,
schloß auf und klaut' die Zwiebelschüssel.
Erst auf Karl Mangolds hartes ›Nein‹
stellt er die Schüssel wieder rein
und schlich sich in die Speisekammer.
Dort von den leckern Gabelbissen
hat Mangold ihn gleich weggerissen
und folgte drauf ihm ohne Schonung
durch alle Zimmer seiner Wohnung.
Der Dieb schaut' flink sich um und wählte
im Wohnzimmer ein Ölgemälde
und legt' es sofort wieder weg –
es hatte für ihn keinen Zweck.
Statt dessen wollte er verstohlen
sich Mangolds Rauchverzehrer holen,
doch dieser schüttelte den Kopf,
verwehrt' ihm auch den Schnabeltopf,
verhinderte mit leisem Lachen
den Diebstahl jenes schönen flachen
Goldhähnchens, das der Papst ihm schenkte.
Der Räuber fand jetzt das verhängte
rot-weiß polierte Kleinklavier,
doch Mangold sprach: das lassen wir!
Um doch noch irgendwas zu haben,
griff er nun nach dem Bronce-Raben,
holt' sich zwei Leuchter und ein Buch,
legt' Hand an Mangolds Fingertuch,
rafft' atemlos den Samowar,
zwei Säbel und ein Formular...

Da winkte Mangold mit dem Finger
und forderte zurück die Dinger:
es sei doch schließlich sein Besitz,
denn: wie soll ich denn noch besitzen,
wenn Sie mir all das Zeug stibitzen?
Und er solle endlich gehen
und sich anderswo umsehen.
Da stieg der Dieb zum Fenster raus.
Herr Mangold zeigt zum Nachbarhaus:
dort sei auch eine Kiste Gold,
ob er sich die nicht holen wollt?!
Damit die Seinen nichts erfuhren,
verwischte Mangold rasch die Spuren
des Einbruchs, rief dann seinem Knecht,
daß er nun sein Frühstück möcht.

Behobene Störung

Häufig hörte Mangold Laute,
denen er mit Recht mißtraute.
So ein Schaben und ein Klirren,
Knallen, Rattern, Sausen, Girren,
meistens kurz nach Mitternacht,
manchmal abends auch um acht.

Er beschloß, dem nachzugehen,
ging, und kam auch ungesehen
in den Hof an eine Stelle,
wo in einer Bodendelle
jener läst'ge Lärm entstand.
Mangold murmelt: allerhand!

Acht handgroße, runde Wesen
grün und frech, mit langen Besen,
saßen da und schabten, klirrten,

sausten, ratterten und girrten.
Mangold hat nicht viel gesagt,
sondern alle fortgejagt.

Aus Haus Skizzenbuch: Diese Zeichnung zeigt Hau als begabten Portraitisten. Der Dargestellte ist Franz Mangold, der Enkel Karls, auf dem tönenden Stuhl, einer Erfindung des Privatiers.

Ein Zwischenfall

Mangolds peinlichstes Erlebnis
war ein großes Staatsbegräbnis.
Ein Professor war gestorben,
der Verdienste sich erworben.
Nach der ersten Leichenrede
trat ein Trauergast, dem jede
Würde abging, dreist nach vorn,
schneuzte sich und roch nach Korn –
sagt: »Moment mal«, kriegt den Schluckauf –
und begann dann: »Welcher Zulauf!
So viel Leben bei 'ner Leiche –
es ist, wenn ichs mal vergleiche,
wie die Raben bei dem Aas –
nichts für ungut – war nur Spaß!«
Darauf holt' er aus der Tasche
eine flache Weinbrandflasche
öffnet sie, sagt laut »Hau-ruck«
und nimmt einen tiefen Schluck.
Fährt dann in der Rede fort:
»Leichenbrüder, auf ein Wort!
Diesen Schluck dem werten Toten,
dem Freund Hein den Suff verboten.
Prost! und nehmt es mir nicht übel,
wenn ich gleich noch einen kübel.
Sterben ist schon eine Straf!
Daß es grade diesen traf,
ist für alle hier ein Glück.
Schaun wir deshalb nicht zurück!
Prost! 's ist schön, daß wir noch leben,
darauf laßt uns einen heben!
Seht, da drin liegt kalt und starr,
was einmal Professor war.
Ich bin nur ein schlichter Mann,
aber sehr viel besser dran.
Und doch, wenn ich's überlege ...«

Hier wurd' die Versammlung rege,
und zwei Männer holten stumm
den Störenfried vom Podium.
Und noch an den Ausgangsstufen
hat der Kerl zurückgerufen:
»Braucht die Witwe einen Trost –
soll sie zu mir kommen. Prost!«
Es erhob sich ein Tumult,
daran war der Redner schuld.
Vergiftet war die Atmosphäre.
Wer weiß, was noch geschehen wäre,
wenn nicht gleich ein Streichquartett
die Beisetzung gerettet hätt'.

Eine Lesung Arnold Haus, die am 2.5.1924 im Hause des Musikhändlers Welsch stattfand und vom Herausgeber mitstenographiert wurde.

Ich lese aus einem Manuskript, das ich bisher noch nicht veröffentlicht habe. Es trägt den Arbeitstitel »Aktien«. Die Situation ist folgende: Gustav ist aus den 60er Wirren mit einem verletzten Bein in seine Heimatstadt zurückgekehrt. Dort hat er nach seinem Vaterhaus gesucht und es schließlich gefunden. Es liegt in Trümmern. Während er schweigend durch die Überreste wandert, trifft er eine Frau, die er anfangs für seine Mutter hält. Sie ist es auch, aber auf eine sehr verwickelte Weise – ich kann das hier alles nur andeuten – ist sie zugleich seine vor Jahren verstorbene Geliebte und sein Gewissen. Sie veranlaßt Gustav, auf reichlich krummen Wegen die Aktienmehrheit der Brauerei der Heimatstadt zu erwerben.
Gustav erreicht dieses Ziel, indem er den Bürgermeister vielfacher Umtriebe anklagt, seine Versetzung bewirkt und sich selbst zum neuen Bürgermeister ausrufen läßt. Dadurch gelangt er automatisch in den Vorstand der Brauerei und befiehlt, daß ihm ein Aktienpaket überreicht wird. Unterdessen ist sein Vater ebenfalls aus den Wirren zurückgekehrt. Als Türke verkleidet –

es würde im Moment zu weit führen, zu erklären, wieso er gerade diese Verkleidung gewählt hat –, deckt er den Schwindel seines Sohnes auf, doch er schweigt.
Eines Abends jedoch sucht ihn der Pastor auf, der gesehen hat, wie Gustav die Aktien beiseite schaffte, und stellt ihn zur Rede.
Die folgende Passage nun beschreibt ihre Begegnung:
»Der Pastor kam schnell herbei und der Türke« – Gustavs Vater also – »brauchte seine ganze Selbstbeherrschung, um nicht laut herauszuschreien: Bleib, wo du bist!«
Darauf folgt eine längere Beschreibung, die das Näherkommen des Pastors zum Inhalt hat, und dann sagt der Türke: »So eilig?«
Darauf sagt der Pastor, daß er etwas über den Bürgermeister wisse.
Mittlerweile ist Gustav immer mehr unter den Einfluß der Frau geraten, die ihm nun erzählt, daß der Pastor zum Türken gegangen sei, um ihm Schwierigkeiten zu machen.
In seiner Verwirrung läßt Gustav, der Bürgermeister also, den Staatsstreich ausrufen, er setzt den Pastor ab und erklärt den Türken zum offiziellen Gegenpapst. Er befindet sich nun auf dem Höhepunkt seiner Macht und heiratet seine Mutter.
Die folgenden Sätze geben die Gedanken seines Vaters wieder:
»So etwas dürfte es eigentlich nicht geben... Doch vielleicht trage auch ich Schuld an dieser Entwicklung... Ich war Gustav gegenüber oft zu weich, dann wieder zu hart, und nun ist es passiert.«
Doch Gustav und seine Mutter erkennen bald, daß sie nicht zueinander passen. Sie trennen sich nach einer längeren Aussprache, die das geplante Werk vorerst beendet:
»›Wenn ich neben dir saß, war mir immer so, als säße ich neben einer anderen‹, sagte Gustav und vermied es, seine Mutter anzuschauen.
›Wir hätten uns halten sollen‹, entgegnete sie, ›wir hatten nicht die Kraft dazu.‹
›Leb wohl.‹
›Leb wohl.‹«
Ein folgender Band soll den Aufstieg Gustavs zu einem der bedeutendsten Männer seiner Zeit schildern, ein dritter seine Kanonisierung. Ich danke Ihnen für Ihre Aufmerksamkeit.

Die folgende Bildreihe entsteht ebenfalls in Haus St. Moritzer Zeit. Sie steht auf den ersten Blick ein wenig fremd neben den Dichtungen. Doch ebenso, wie Hau das Problem der Zeit in seinen Texten thematisiert und ein besonderes Augenmerk auf den anmutigen Wechsel von Erzählzeit und erzählter Zeit richtet, so transponiert er diese immens moderne Problematik ohne Zögern auf den bildnerischen Bereich. Damit ist er seiner Zeit wieder einmal um dreißig Jahre voraus. Erst im »action painting« der 50er Jahre beginnt der Zeitfaktor in der Malerei der anderen eine Rolle zu spielen.

Versuch der Darstellung zweier sich gleichzeitig vollziehender Bewegungsabläufe in einem Strip

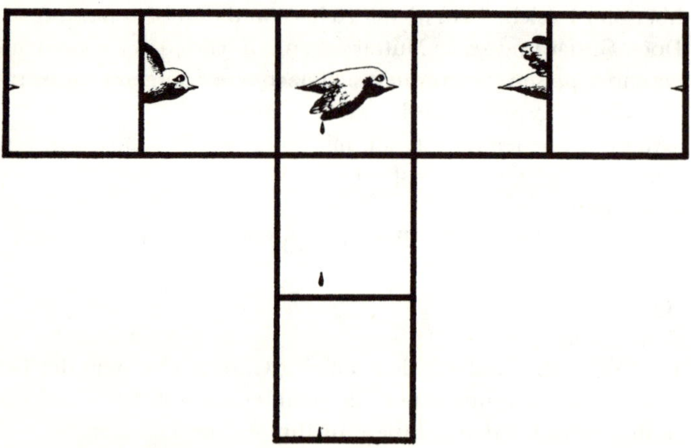

»Wie bitte? Gerhart Hauptmann ist tot?« scheint der Gesichtsausdruck des telefonierenden Arnold Hau zu sagen.
Doch dieser Eindruck trügt. Das Photo entstand 1956, ganze elf Jahre nach dem Tod des großen Schlesiers.

Zwei Photodokumente von großer Seltenheit:
Arnold Hau in seiner schwersten Stunde (Andorra, 21. 4. 1945) und
– kaum wiederzuerkennen – Arnold Hau, der gerade den glücklichsten

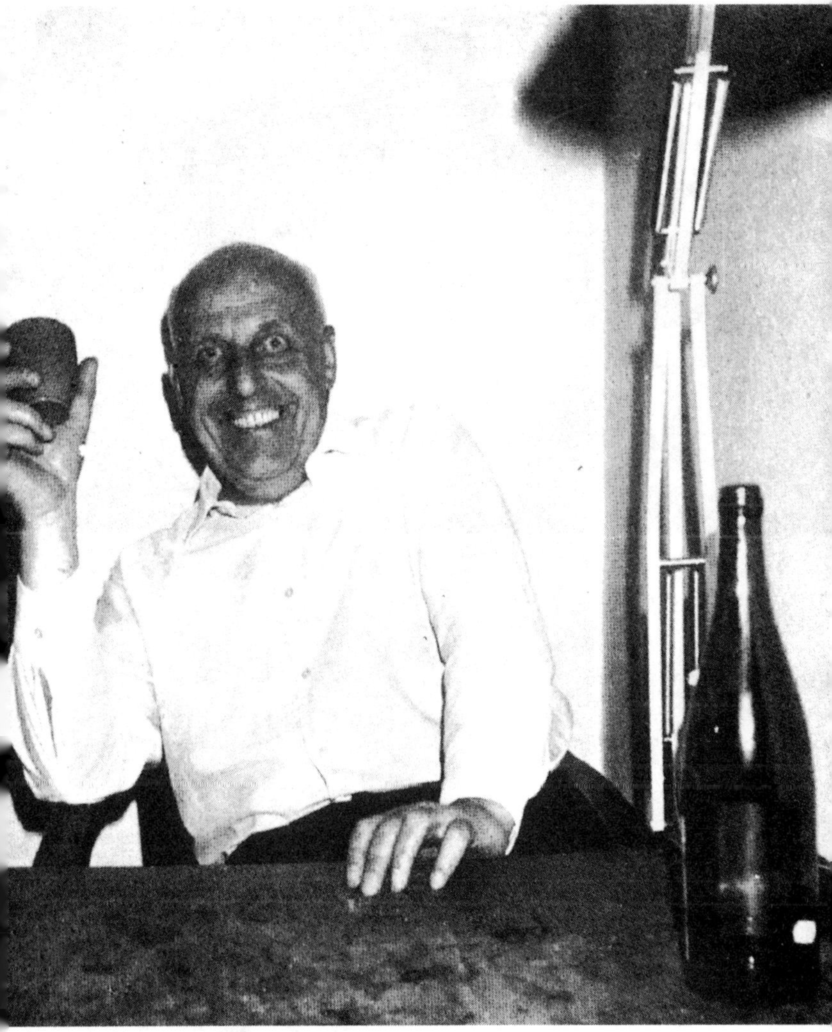

Moment seines Lebens genießt (Stuttgart 1955). Zehn Jahre trennen diese Photos. Zehn Welten ebenfalls, könnte man hinzufügen.

Selten hat man Arnold Hau fröhlicher gesehn als auf diesem Photo. Das ist kein Wunder, denn schließlich sind seine beiden steinreichen Neffen aus Amerika zu Besuch.

»War das wieder ein Festchen gestern abend!« denkt Arnold Hau beim Anblick seiner beiden steinreichen Neffen aus Amerika, die noch immer vor der Haustüre liegen.

Der einfache Mensch

Im März 1926 besucht mich Arnold Hau zu ungewohnter später Stunde. Er scheint übernächtigt und erklärt, er sei des Treibens müde. Ob ich einen Ort wisse, möglichst weit weg von allen Städten und Menschen? Ich überlege und sage: »Pellworm.«
Am nächsten Tag fährt Arnold Hau auf diese Hallig. Er bleibt fast ein Jahr dort und verlebt die wohl glücklichste Zeit seines Lebens. Er hat die Fähigkeit, unter einfachen Menschen ganz einfach zu werden, er sitzt gerne in den Kneipen der Fischer, trinkt mit den Männern, scherzt mit den Mädchen und prügelt sich mit den Frauen.
»Ich habe das Spekulieren aufgegeben«, schreibt er mir, »ich habe etwas gefunden, das wichtiger ist als das Denken: leben.« Diese neue Erkenntnis gestaltet er sinnbildhaft in der folgenden Geschichte. Daneben zeichnet er viel, und er schreibt das Dramenfragment »Plümmeln un Slökten«, das ihm so am Herzen lag und über das ich noch später einige Worte sagen muß.

Das Erlebnis eines Reisenden

Der Reisende war lange gewandert, bis er an den Fluß kam. Der lag nun breit vor ihm und war von einem Schwarz, in das sich nur ein wenig Rot mischte. Die Sonne stand schon tief, die Pappeln vergitterten sie bereits, gleich würde sie ganz verschwunden sein, und dann war es zu spät, um sich noch übersetzen zu lassen. Das wußte der Reisende, und so zögerte er nicht.
Er suchte ein wenig in der Reisetasche, bis er die Zeitung vom gestrigen Tage fand. Flüchtig glitt sein Auge über die Schlagzeilen: »Friedenskonferenz verschoben«, »Ölkommission legt Sparvorschlag aus«, »Künstliche Niere verspielt«, »Fährmann...«, dann rollte er die Zeitung zu einem Trichter. »Fährmann hol über!« rief er hinein. Vom anderen Ufer schien sich ein Schatten zu lösen, doch es blieb still.
»Fährmann hol über!« rief der Reisende noch einmal, und da

hörte er das leise Plätschern, das das Nahen der Fähre ankündigt. Sie trieb langsam heran und legte vor dem Reisenden an. Der Fährmann, ein älterer Mann, betrachtete ihn mißmutig:
»Was wollen Sie denn jetzt um diese Zeit?«
»Ich will über den Fluß«, sagte der Reisende.
»Hm«, sagte der Fährman, »das wird kaum mehr gehen...«
»Aber warum denn nicht?«
»Is schon zu spät.«
»Wieso?«
»Is schon dunkel, da kann man nicht mehr rüber.«
»Wo wohnen Sie denn?«
»Drüben.«
»Und wie kommen Sie dahin?«
»Mit 'm Boot.«
»Ich denk, das geht nicht?«
»Muß gehen, ich kann doch hier nicht übernachten.«
»Aber dann können Sie mich doch mitnehmen.«
Der Fährmann kratzte sich am Kopf und spuckte dann aus.
»Sie sind schon ein teuflischer Dialektiker«, sagte er. »Aber Sie haben recht. Steigen Sie ein.«
Der Reisende bestieg das Boot, und der Fährmann begann zu rudern. »Sie sind wohl 'n studierter Mann, was?« fragte er.
Der Reisende nickte. Ja, er sei ein Gelehrter, ein frischgebackener Doktor der Philosophie, grad auf dem Wege zu seiner neuen Assistentenstelle in der Universitätsstadt N.
Der Fährmann sah ihn an und ruderte schweigend weiter.
»Ich wäre auch einmal um ein Haar Doktor der Philosophie geworden«, sagte er dann leise. »Aber es klappte nicht.«
Trotz der Dunkelheit, die immer stärker wurde, glaubte der Reisende eine unaussprechliche Trauer auf dem Gesicht des Fährmanns zu sehen. Sie waren nun auf der Mitte des Flusses, und der Nachtwind bauschte den Mantel des Reisenden.
»Wieso klappte es nicht?« fragte er.
»Das ist eine lange Geschichte«, antwortete der Fährmann mißmutig. »Ich war damals Sombachschüler. Kennen Sie Professor Sombach? Wahrscheinlich nicht. Kaum einer der Jüngeren kennt ihn...

War ein Neu-Kantianer reinsten Wassers, aber eine ehrliche Haut, das können Sie mir glauben. Und ein guter Kamerad dazu, ein unheimlicher Trinker, wenn er einen intus hatte, kriegte er sich mit den Hegelianern in die Wolle. Dachte eben völlig unhistorisch, wollte vom Weltgeist und seinen schrittweisen Manifestationen nichts wissen, das einzige, was ihn interessierte, war die Erkenntnistheorie, na, und da kannte er sich auch aus, können Sie mir glauben…«

Es war noch dunkler geworden. Kaum hoben sich die Pappeln vom Himmel ab, sie schienen noch sehr weit entfernt. Den Reisenden fröstelte. »Und?« fragte er.

»Haben Sie zufällig eine Zigarette für mich?«

»Ja«, antwortete der Reisende und griff in die Reisetasche. Er nahm die Zeitung heraus, die zuoberst lag, und breitete sie über seine Beine. Er fand die Zigaretten, griff auch die Streichhölzer, gab dem Fährmann eine Zigarette. Für einen Moment verstummte der Ruderschlag.

»Hier haben Sie auch Feuer«, sagte er, reichte das brennende Streichholz hinüber und wartete, bis die Zigarette des Fährmanns Feuer gefangen hatte. Als er die eigene anzünden wollte, fiel sein Blick noch einmal auf die Zeitung: »Fährmann wegen Mordes…« Das Streichholz erlosch.

»Und?« fragte der Reisende. Er vermied es, ein neues Streichholz anzuzünden.

»Na ja, die Geschichte nahm ihren Lauf. Ich wollte bei Sombach promovieren, arbeitete zwei Jahre an meiner Doktorarbeit *Der Zeitbegriff bei Kant*, eine schwere Materie, darauf können Sie Gift nehmen, war vom Raumbegriff praktisch nicht zu trennen, und so untersuchte ich eben beide Begriffe… Mittendrin starb mein Vater, war 'n schwerer Schlag für mich, hatte nur diesen, und er war ein feiner Kerl gewesen… Ja, und dann war die Doktorarbeit fertig, und ich brachte sie zu Sombach. Ich hatte nur dieses Exemplar, war ja damals anders, gab noch keine Schreibmaschinen, nee, alles mit der Hand geschrieben, in Schönschrift, zweihundertundzehn Seiten, meinem verehrten Doktorvater gewidmet…«

Der Reisende starrte geradeaus, doch er konnte sein Gegenüber nicht mehr sehen. Auch das Ufer, das sie bald erreicht haben mußten, blieb unsichtbar. Der Reisende blickte zurück, alles war dunkel. Die Stimme des Fährmanns klang, als ob sie von weit her käme.

»Ich seh das noch vor mir, als ob es gestern gewesen wäre. Es war 'n wunderschöner Tag, und das Gefühl, die Arbeit hinter mir zu haben... na, Sie werden das auch kennen. Ich also rein zu Sombach, er hatte eine bildhübsche Tochter, müssen Sie wissen, ein herrliches Mädchen, aber eine heimliche Nietzscheanerin, hatte für mich und mein Systemdenken nur Spott übrig, und ich machte ihren Vitalismus runter, sie heiratete später einen Psychologen, war wohl das beste, aus uns beiden wäre doch nie was geworden... Ja, ich gab Sombach die Arbeit, und der sagte, er wolle sie gleich durchlesen. Wäre schön, wenn er es getan hätte... Statt dessen zog er damit in die nächste Kneipe und trank einen... Na, bei dem einen blieb es natürlich nicht, können Sie sich vorstellen, also Sombach kübelte, und als es ans Zahlen ging, stellte er fest, daß er nicht genug Pinunzen bei sich hatte. Wissen Sie, was er da tat?«

»Was?« fragte der Reisende ins Dunkel.

»Er ließ meine Arbeit als Pfand zurück, verstehen Sie, meine Doktorarbeit, das einzige Exemplar, das ich besaß, ein anderes hatte ich ja nicht... Was dann kam, können Sie sich wohl vorstellen...«

»Nein«, sagte der Reisende. »Aber eine andere Frage: dauert es noch lange, bis wir drüben sind?«

»Na, 'n bißchen wird es noch dauern, ich ruder ja gegen den Strom, da geht es nicht so schnell.«

»Gegen den Strom? Ich denke, Sie rudern quer zur Strömung. Das ist doch der kürzeste Weg, wenn man über einen Fluß will.«

Der Fährmann schwieg eine Weile.

»Sie haben recht«, sagte er dann. »Sie haben verdammt recht. Sie sind ein fixer Denker, doch wo war'n wir stehengeblieben?«

Der Reisende lauschte, und eine plötzliche Furcht überkam ihn. Die Ruderschläge hatten aufgehört, dem Dunkel gesellte sich die Stille bei.

»Wenn Sie jetzt nicht rudern, werden wir abgetrieben«, sagte der

Reisende und versuchte, seine Stimme fest und normal klingen zu lassen. Doch er spürte selbst, wie wenig überzeugend es ihm gelang.

»So?« fragte der Fährmann. »Werden wir das? Wo haben Sie denn diese Weisheit schon wieder her? Sie kommen sich wohl verflucht gescheit vor mit Ihren Kenntnissen, was? Ich war auch einmal so ein Früchtchen. Den ganzen Kopf voller Begriffe, Freiheit, Apperzeption, Transzendenz, Substanzialität, Intelligiblität und Reflexion, was? Und dann einem alten Fährmann Ratschläge geben, he?«

Das Boot geriet ins Schwanken, der Reisende griff erschrocken nach dem Bootsrand, um sich festzuhalten.

»Was ist los? Um Gottes willen, reden Sie!«

Er glaubte, den Fährmann lachen zu hören.

»Lachen Sie nicht, reden Sie!«

»Ich red, wann ich will«, sagte der Fährmann. »Das werd ich ja wohl noch dürfen, was, auch wenn ich kein Doktor der Philosophie bin...?«

»Natürlich dürfen Sie das.«

»Na, dann ist gut. Ich dacht schon, Sie wollten mir was befehlen... Das hab ich nicht gern. Und jetzt werde ich wieder etwas rudern, wenn es erlaubt ist. Sonst treiben wir nämlich ab. Das is ne alte Fährmannsregel: Wer nicht rudert, treibt ab... Aber das gilt nicht nur für Fährleute, können Sie mir glauben...«

Nun hörte der Reisende wieder die Ruderschläge, stark und gleichmäßig.

»Ja, der alte Sombach«, sagte der Fährmann. »Der hatte also meine Arbeit als Pfand zurückgelassen, am nächsten Morgen erfuhr ich davon. Es war schrecklich, das können Sie mir glauben. Damals ging etwas in mir kaputt, was nie wieder geheilt ist.«

»Haben Sie Ihre Arbeit denn nicht zurückbekommen?«

»Ja, natürlich. Sombach kreuzte mit einem ungeheuren Kater bei mir auf... Nach und nach begriff ich... Dann zogen wir los, um die Doktorarbeit zurückzuholen, aber Sombach wußte nicht mehr, wo es gewesen war. Schließlich fanden wir sie im Löwenstübchen... Als er etwas klarer war, las Sombach sie durch. Er fand sie miserabel, die anderen Professoren, denen er sie zu lesen gab, übrigens auch. Wahrscheinlich hatten sie recht. 'nen klaren Gedanken zu fassen war nie meine Stärke, und als Philosoph muß man ein verdammt heller Kopf sein, aber das werden Sie am besten wissen. Da kommt es auf logisches Denken an, na und Logik...«

Ein Ruck ging durch das Boot. Der Reisende taumelte ein wenig, dann fing er sich.

»Tscha, wir sind wohl drüben«, sagte der Fährmann. Sie stiegen aus dem Boot, der Fährmann vertäute es mit schnellen Griffen. Es war ein wenig heller geworden.

»Als ich erfuhr, daß meine Arbeit nicht angekommen war, hängte ich die Philosophie an den Nagel. Sombach beglückwünschte mich zu diesem Entschluß. Ich hätte 'n Haufen Unsinn geschrieben, sagte er, dauernd Raum und Zeit verwechselt, na, und das war wirklich ein dicker Hund, das mußte ich zugeben... Dann war ich 'ne Zeitlang Vertreter, und schließlich landete ich hier. Is 'n bißchen fad, aber mir gefällts...«

»Das ist die Hauptsache«, sagte der Reisende. »Wenn Sie mir noch sagen könnten, wie ich zum nächsten Dorf komme?«

»Immer gradaus.«

»Danke, das macht?«

»Drei Mark.«

»Bitte.«

»Danke.«

»Nichts zu danken.«

Die Schritte des Fährmanns entfernten sich. Der Reisende wartete, bis er sie nicht mehr hörte. Dann zündete er ein Streichholz an und suchte in seiner Tasche nach der Zeitung vom gestrigen Tage. Sie war fort. Er ging noch einmal zum Ufer, doch auch im Boot war sie nicht zu finden. Der Fährmann hatte sie wohl mitgenommen, oder sie war während der Fahrt ins Wasser gefallen.

Eine große Müdigkeit überkam den Reisenden, und er ging rascher. In der Ferne sah er die Lichter von Buxdorf leuchten.

SCHAU MAL DEN HAPPEN
DEN WIRST DU DIR JETZT SCHNAPPEN!
WILLST DU DEN HAPPEN WOHL SCHNAPPEN?!

VERSTEH EINER DIESE TÖLE.
BEKOMMT EINEN HAPPEN
UND WILL IHN NICHT SCHNAPPEN

WENN ICH WAS
NICHT LEIDEN KANN,
SIND ES SCHLECHTE
GEDICHTE. DOCH
DIESEN HAPPEN
TU ICH MIR
GREIFEN.

Plümmeln un Slökten
Ein Fragment

In der guten Stube eines friesischen Fischers.

OPA: Ick wet nich, wat dat alens bedüden schall. Ick fin mi gonnich mehr trech.

OMA: Schä, dor mach ick di liges taustimmen.

OPA: Wat mi am meisten vefähren deit, is dat in disse Tied ok nich de Spur von Seel und Deep mehr to finnen is.

OMA: Wie menst du dat?

OPA: Schä, dat is schwer to seggen...

Ein paar Burschen ziehen vorüber und singen: »Do sleit de Val.«

OPA: Dat Led, dat ha mi fröer ganz tüterich mogt, und deit dat ok hüt noch. Öbber dat is nur noch de Erinnerung an de olen Tiden und nix anners. Sowat hät in de hütige kolde Tid överhaupt gor ken Daseinsberechtigung.

OMA: Wat snakst du dor förn Tünkram. Son Led hät scha wol gerade in disse Tid ne banich grode Daseinsberechtigung, weil nämlich dat gerade disse leere Tid wedder n Inhalt geben deit.

OMA, *beginnt zu singen*:

Do sleit de Val
up Hiddensal
ken Feister mach dor tröben
doch wann de Slöter treckt den Snaag
dann will ick mi den leven Dag
mit Bickelbeern schlöben

OPA, *fällt in die 2. Strophe mit ein*:

Hest du en Maag
hest du en Veer
so machst du mi vestan
doch wann de ganze Hagenbör
und up und dal de Haber slehr
dann möt wi liges gan

Pastor Slöverkrüpp erscheint.

PASTOR SLÖVERKRÜPP: Na, na, na, ji möt liges gan? Dat bör mi n anner. Dat könnt ji in disse hütige Tid doch nich mehr mit gauden Gewissen seggen.

OPA: Man, Paster, dat hew ick doch grad in disse Minut ok mine Fru vetellen wulln, öbber se ment, dat...

OMA: Nu mog mi hier nich schlecht, weil ick nich so gebildet bün as ji Mannslüd. Ick men schä nur, dat de...

PASTOR S. und OPA: O wat, wi wöt di doch nich schlecht maken.

OPA: Nun sech du mol, Paster Slöverkrüpp, gift dat hüttodach n Led, wat disse Tid mehr entsprechen wör?

PASTOR SLÖVERKRÜPP: Dat wull ick wol menen! Ick kenn sogar persönlich schung Lüd, de durchaus en Ton höbt, de to unse hütige Tid passen deit. Dor höb wi Klas Hamann mit sin »Pasch ick mi in Dörpen«.

OPA: Dat wull wi wol hören.

PASTOR SLÖVERKRÜPP:

Pasch ick mi in Dörpen
ward mi dat to vel
sei mi dat taun slörpen
baben ünnern Scheel
Kümmet de grode Paster
het he n Schap förn Disch
gev ick em den Zaster
as en Grabbelfisch
Schall he mi wat klöben
de vedammte Sack
höben so as dröben
schall he as he mag
Baben ünnern Dörpen
leit de Grabbelfisch
deit de Paster slörpen
slörpen will ok isch.

OPA: Man, dat müßt du mi upschriwen. Dor möt ick mi erst an gewöhnen, klingt öbber interessant.

OMA: Ick mach dat nich liden.

Hier endet das Dramenfragment. Hau hat mir einmal erzählt, wie es weitergehen sollte: »Pastor Slöverkrüpp lockt Opa unter dem Vorwand, er wolle ihm das Lied aufschreiben, in das Pastorat. Dort gibt er ihm einen Grog zu trinken, in den er vorher Schlaftabletten vermischt hat. Als Opa aufwacht, befindet er sich schon auf hoher See, der Pastor hat ihn gegen

ein Handgeld auf einen englischen Walfänger gebracht. So endet der erste Akt.
Der zweite behandelt das Werben Pastor Slöverkrüpps um Oma. Doch die kann ihren verschwundenen Mann nicht vergessen und bittet sich eine Bedenkzeit von sieben Jahren aus. Sie streichen dahin. Dritter Akt: Opa ist auf dem Walfänger wieder aufgeblüht. Als er ganz allein einen Pottwal harpuniert, erhält er einen auf zehn Tage befristeten Landurlaub. Er verspricht dem Kapitän, pünktlich wieder zur Stelle zu sein, und klopft braungebrannt an Omas Tür. Sie erkennt ihn nicht, erst als er ›Du sleit de Val‹ summt, fällt es ihr wie Schuppen von den Augen. Doch das Glück des Wiedersehens wird bald getrübt. Opa gerät in den Konflikt, ob er sein dem Kapitän gegebenes Wort halten oder bei Oma bleiben soll. Die Pflicht ist stärker. Nach zehn Tagen nimmt er Abschied, um an Bord zurückzukehren. Vorher gibt er jedoch Oma frei, deren Heirat mit Pastor Slöverkrüpp nun nichts mehr im Wege steht.«
»Und warum hast du das Drama nicht beendet?« frage ich Hau.
Er schaut mich lange an.
»Weil ich erkennen mußte, daß das einfach kein Dramenstoff war«, sagt er dann.

Mensch und Tier

Auf dem Weg nach Warschau, wo er etwas zu erledigen hat, macht Arnold Hau 1929 in Frankfurt Station.
Während einer Wanderung, die wir durch den Stadtwald unternehmen, läuft uns ein fuchsgroßes, grün-golden gesprenkeltes Tier über den Weg.
»Hast du das gesehen?« fragt Hau.
»Ja«, erwidere ich, »doch was war das für ein seltsames grün-golden gesprenkeltes Wesen?«
»Es ist kein Wunder, daß du es nicht kennst«, sagt Hau darauf. »Das war eine Grottenmaus, eines der ungezählten Tiere, die von der modernen Zoologie totgeschwiegen werden. Totgeschwiegen, weil sie entweder nicht in die Systeme passen, angeblich zu klein und unbedeutend sind, oder aber wegen ihrer Lebensführung von den Zoologen ignoriert werden. Es sollte sich jemand finden, der den Mut aufbringt, sie zu beschreiben...«
Der Mann findet sich. Es ist Hau selber, der nach umfangreichen Forschungen darangeht, diese vergessenen Tiere in seinem Werk »Tierwelt – Wunderwelt« vorzustellen. Zwei Jahre arbeitet er daran, zwei Jahre unterbricht er sein Fragen nach dem Menschen und vernachlässigt auch sein Pfandrecht an beweglichen Sachen. Er tut es der Kreatur zuliebe. Dennoch bleibt das Werk Fragment. Die Aufgabe übersteigt Haus Kräfte, und noch zwanzig Jahre später erklärt er mir gegenüber: »Ich hätte nie soviel Zeit auf das Tier verschwenden dürfen! Mein Thema ist der Mensch...«
Doch wer die Verse, die Zeichnungen und die Bildfolgen sieht, die wir alle Haus Beschäftigung mit dem Tier verdanken, wird die Zeitverschwendung nicht beklagen, sondern gutheißen.

Tierwelt – Wunderwelt

Die BETTENEULE im Plumeau
wird ihres Lebens nicht mehr froh.
Wenn sie ein leises Quietschen hört,
dann ist sie durch und durch verstört.
Und flüsternd sagt sie ihrer Brut:
»Dat geit nit gut, dat geit nit gut!«

Das BIRKENHUHN, das die Beine spreitet,
ein schönes Glücksgefühl begleitet.

Die schärfsten Kritiker der ELCHE
waren früher selber welche.

Die GAMS erwacht' im fremden Forst
und lag in einem Adlerhorst.
Sie sah sich um und sprach betroffen:
»Mein lieber Schwan! War ich besoffen!«

Das erbsengroße GRABBELTIER
steigt unbemerkt aus dem Klavier.
Es hat genug von der Musik
und wirft sich auf Atomphysik.

Der HABICHT fraß die WANDERRATTE,
nachdem er sie geschändet hatte.

Der HAUBENBÄR spricht mit Bedacht:
»Die Bären werden nachts gemacht!«
Dann rennt er mit Gegröle
in seine Bärenhöhle.

Der JAGDGEPARD, der wieselschnelle,
kommt manchmal gar nicht von der Stelle.

Der KRAGENBÄR in seinem Kragen
weiß nichts vom Singen und vom Sagen.
Nie sang er auch nur einen Ton.
Von Sängern dacht' er voller Hohn,
und angesichts des Sternenlichts
da blieb er stumm und sagte nichts.
Er sang nicht auf den Maienflur,
bei Diskussionen schwieg er nur.
Wie anders Goethe, Kant und Benn,
die weniger Verschwiegenen!
Sie ehret heute Flott und Heer,
Vom KRAGENBÄR spricht niemand mehr.

Ein LAMA spuckte dicke Töne,
daß es den GAMSBOCK stets verhöhne;
doch als der GAMSBOCK kam herein,
da kratzte es sich still am Bein.

Die NACHTIGALL, die sitzt im Strauch,
und reibt zufrieden ihren Bauch.

In Lörrach sprach das REGENTIER:
»Da es hier regnet, bleib ich hier.«
Es scheiterte am Magistrat,
der sich sein Bleiben streng verbat.

Der böse graue SCHINDELHUND
nimmt seine Zähne aus dem Mund.
Er hängt die Krallen in den Schrank
und wartet auf den Mondaufgang.

Das SCHNABELTIER, das SCHNABELTIER
vollzieht den Schritt vom Ich zum Wir.
Es spricht nicht mehr nur noch von sich,
es sagt nicht mehr: »Dies Bier will ich!«
Es sagt: »Dies Bier,
das wollen wir!
Wir wollen es, das SCHNABELTIER!«

Die SCHMUDDELENTE wäscht sich nicht
und scheut daher das Tageslicht.
Doch ist die Sonne erst mal weg,
kommt sie hervor aus ihrem Dreck.

Man zweifelt rasch an Treu und Glauben,
sieht man dem TIGER zu beim Rauben.

Die WÜSTENKRÖTE lebt im Meer,
weil sie sonst längst verdurstet wär.

Die ZIRBELENTE sprach gedämpft:
»Ich hab mein Leben lang gekämpft.
Jetzt sollen auch mal andre ran,
zum Beispiel dieser Karajan.«

Das ZWIEBELHUHN verriet der Presse,
daß es am liebsten Zwiebeln esse.

Aus Haus »Tierskizzenbuch«

Drei aufsässige Affen

Der »Spaß«macher

Die Heimkehr Käfer Gregors

Sein oder Nichtsein – für Arnold Hau war das keine Frage. Was er war, war er ganz, auch als Schauspieler begeisterte er die leider nie sehr zahlreichen Zuschauer. Jedem, der ihn als Hamlet erleben durfte, wird seine radikale Neu-Interpretierung der Rolle unvergeßlich bleiben: Hau spielt den Dänenprinzen als alten, lebenslustigen Querkopf, der sich nicht so leicht aus der Ruhe bringen läßt. Auch dann nicht, wenn er einmal statt des Totenkopfs einen ausgedienten Wasserball erwischt, wie auf jener Benefizvorstellung, die am 2.5.1952 in Wuppertal über die Bretter ging.

Der späte Hau wandelte sich immer stärker vom Künstler zum Künder. Eindringlich warnt er am Mittag des 2. November vor der nahenden Dunkelheit. Ungläubiges Gelächter schlägt ihm entgegen, doch keine sechs Stunden später ist es soweit: Die bestürzten Lacher können ihre Hand nicht mehr vor Augen sehen.

Aus Haus »Tierskizzenbuch«

Das Fallschwein

Hände weg vom Osterlamm!

Haus Sympathie für alle Tiere hindert ihn nicht, auch deren Fehler zu durchschauen, die ihm im Verlauf seiner Tierforschungen immer deutlicher bewußt werden. Und ebenso unbestechlich, wie er die Laster der Menschen geißelte, prangert er jetzt in zahlreichen Bildfolgen die Torheiten der Tiere an: die Willensschwäche der Pferde, die Faulheit mancher Miegamseln und die Schreckhaftigkeit der Biber.

Wenn ich ein Vöglein wär

So, KINDER! HEUTE ZEIG' ICH EUCH, WIE DER GRÖSSTE FEIND VON UNS BIBERN AUSSIEHT: DER MENSCH.
PASST AUF: DER MENSCH HAT EIN STRUBBELIGES FELL AUF DEM KOPF – SO....
ui..ui... ui...
ER STEHT AUF DEN HINTERBEINEN – RIESENHAFT!
Hilf Himmel!

ER HAT OFT EINEN DECKEL AUF DEM KOPF UND EIN KLEINES STABCHEN IM MAUL ...
Gräßlich!

... ER BIETET SO EINEN GEFÄHRLICHEN ANBLICK – STOLZ UND SCHÄDLICH!
Furchtbar! nichts wie fort!

MENSCH, EMIL! LANGE NICHT GESEHEN! WIE GEHT'S DENN?...

Du, ich hab eine neue Kunst erlernt: Hypnotisieren.
Schau mich an
Ich will, daß du völlig behämmert aussiehst...

du siehst behämmert aus, behämmert, behämmert, behämmert behäm-mert!

Siehst du!

Dieses »Metamorphosen« benannte Skizzenblatt steht am Ende von Haus Tierforschungen. Es zeigt eindrucksvoll, wie die für zwei Jahre unterbrochene alte Frage in Hau nun wieder übermächtig wird. Was beim Tier begann, endet doch, wie alle Studien Haus, beim Menschen.

1930. Wieder einmal beschäftigt sich Arnold Hau mit der Philosophie Platos, und wieder liest er jene Zeilen, in denen Aristodemos Plato vom Ende des berühmten »Gastmahls« erzählt. Gegen Morgen hätten alle bereits geschlafen, berichtet er, »nur Agathon, Aristophanes und Sokrates hätten alleine noch gewacht und aus einem großen Becher rechts herum getrunken...«
An die Reden, die sie dabei führten, könne er sich nicht erinnern, da er zwischendurch geschlafen habe, »die Hauptsache aber wäre gewesen, daß Sokrates sie nötigen wollte einzugestehen, es gehöre für einen und denselben, Komödien und Tragödien dichten zu können... Dies wäre ihnen abgenötigt worden, sie wären aber nicht recht gefolgt und schläfrig geworden...«
»Es ist doch jammerschade, daß wir nicht mehr wissen, wie Sokrates seine These bewiesen hat«, überlegt Arnold Hau. »Ein einziges Mal hat sich dieser überragende Denker zu solchen Fragen geäußert, und die Anwesenden verschlafen diesen Moment...«
Und dann tut Hau etwas Ungewöhnliches. Er geht daran, die Lücke auszufüllen. Er tut es mit beispiellosem Einfühlungsvermögen und profunder Kenntnis sokratischen Philosophierens. So und nicht anders kann – der Hau so sehr verwandte – Sokrates argumentiert haben. Das »Gastmahl«, bisher ein unproportionierter Torso, ist durch Hau erst zu einem ausgewogenen Organismus geworden. Seine Ergänzung dürfte in keiner Plato-Ausgabe mehr fehlen.

Versuch einer Ergänzung von Platos »Gastmahl«

Als nun die meisten eingeschlafen oder gegangen waren, setzten sich Sokrates, Agathon, Aristophanes und Klytos, der Sohn des Alabander, zusammen.
O weiser Klytos, begann Sokrates, sage mir, was schlimmer ist, Durst oder Heimweh?
Zweifellos Heimweh, versetzte Klytos.

Warum? fragte Sokrates. Meinst du nicht auch, daß das Heimweh ein des Menschen würdigeres Gefühl ist als der Durst, den der Philosoph geringachten sollte, da er ihm von der Natur aufgezwungen wird?
Das meine ich zweifellos auch, erwiderte Klytos.
Du erstaunst mich, entgegnete Sokrates. Wie kann dasselbe Gefühl zugleich würdiger und schlimmer sein? Denn ist es nicht so, daß das eine das andere ausschließt?
In der Tat ist es so, mein Sokrates.
Nun, o Klytos, wenn es sich so verhält, wäre es da nicht richtiger zu sagen, daß das Heimweh das würdigere, der Durst aber das schlimmere Gefühl ist?
Das wäre ohne Frage richtiger.
Da du dies eingesehen hast, o mein weiser Klytos, wäre es da zuviel verlangt, wenn du aufstehen würdest und danach schautest, ob sich irgendwo noch etwas zu trinken befindet? Wie ich sehe, ist die Rundschale leer, und wer, glaubst du, wird eher Gefahr laufen, Durst zu leiden: derjenige, der etwas zu trinken hat, oder derjenige, der nichts...
Schon gut, mein Sokrates, versetzte Klytos, ich gehe ja schon.
Nach einer Weile kehrte er zurück und hörte den Schluß eines Gesprächs mit an, in dem Sokrates die beiden Dichter zuzugeben zwang, daß zwischen der Malerei und dem Kriegshandwerk ein Unterschied sei. Darauf füllte er Wein in eine große Schale, und sie begannen, rechts herum zu trinken.
O mein Aristophanes, begann Sokrates, ich sehe, daß du am Einschlafen bist. Kannst du mir vorher noch eine Frage beantworten?
Gern, mein Sokrates.
Du bist ein berühmter Mann, o Aristophanes, und die Menge liebt dich, weil du sie lachen machst, ich dagegen verstehe nichts vom Handwerk des Dichters. Wirst du mir verzeihen, wenn dir die Frage töricht scheint?
Nein, o mein Sokrates, erwiderte Aristophanes.
Wieso *nein*, o Aristophanes? Meintest du nicht *ja*, und die Müdigkeit drehte dir das Wort im Munde herum, wie das Volk sagt?
Zweifellos, versetzte Aristophanes.

Dann darf ich also die Frage stellen, o mein Aristophanes?
Nie und nimmer, o Sokrates, entgegnete dieser.
Wie soll ich diesen Widerspruch lösen? Einmal sagst du, ich dürfe sie stellen, und dann wieder, ich dürfe sie nicht stellen.
Wer könnte das bestreiten, erwiderte Aristophanes.
Ab dieser Stelle wachte Agathon auf, der ein wenig eingenickt war, und sagte: Das ist zweifellos richtig.
Mein Agathon, versetzte hierauf Sokrates, bist du dem Gespräch bis jetzt gefolgt, oder hast du nicht vielmehr geschlafen?
Ich habe geschlafen, entgegnete Agathon.
Findest du es, o Weiser, richtig, in einem Gespräch eine Meinung zu äußern, an dem man nicht teilgenommen hat, weil man währenddessen schlief?
Das ist ohne Frage richtig, antwortete Agathon.
Folgt daraus nicht, daß du besser daran tätest, weiter zu schlafen, als deine Meinung kundzutun?
Freilich täte ich daran besser, o Sokrates.
Nun, mein Agathon, so tue es auch.
Agathon folgte den Worten des Sokrates und legte sich wieder hin, nachdem er einen Schluck aus der Schale genommen hatte.
Nun zu dir, mein Aristophanes, sagte Sokrates und gab ihm einen Stoß. Bist du nicht auch der Meinung, daß ein Komödienschreiber zugleich ein Tragödienschreiber sein muß, und daß, wenn einer die eine Kunst beherrscht, er notwendig auch in der anderen Meister ist?
Darauf öffnete Aristophanes seine Augen und sagte: Wie könnte es anders sein.
Während der letzten Worte waren auch Agathon und Klytos aufgewacht, sie nickten jedoch gleich wieder ein.
Sokrates vertrieb sich noch ein wenig die Zeit damit, dem Rundgefäß einzureden, daß es schon einmal voller gewesen sei, doch als es keine Antwort gab, stand er auf und ging.

Die Beschäftigung mit Sokrates hatte Haus Interesse am Dialog geweckt, ein scheinbar belangloses Erlebnis steigert es noch. Am 24. September

1934 nimmt er als Gast bei der Gründungsversammlung der italienischen Sektion des Otto-Pfahl-Vereins teil.
Nach der stürmisch verlaufenen Sitzung geht er durch die dunklen Straßen von Florenz. Er bittet einen Unbekannten, der ihm entgegenkommt, um Feuer. »Kannitverstan«, lautet die Antwort.
Hau ist tief betroffen. Wie dünn ist doch der Faden, der die Menschen verbindet, wie hilflos sind sie, wenn Sprachschwierigkeiten den Dialog unmöglich machen.
»Möglichkeit und Unmöglichkeit des Dialogs« heißt das Thema, das ihn nun beschäftigt. In kleinen Szenen, seinen AB-Dramen, schreitet er den Kreis dessen, was Dialog ist, aus. Liegt es an Arnold Hau oder am Geist der Zeit, daß fast alle Dramen scheiternde Gespräche darstellen? Meines Erachtens liegt es unbedingt am Geist der Zeit.

Das unmögliche Drama

A *düster*: Ich mach mir Sorgen
B *bedrückt*: Um die Welt von morgen
A: Es geht bergab
B: In schnellem Trab
A: Können Sie nicht einmal etwas anderes sagen?
B: Wieso? Schließlich bin ich doch Ihrer Meinung.
A: Aber so kann doch nie ein Stück zustande kommen. Ein Drama lebt davon, daß zwei Wertsysteme aufeinanderstoßen, daß im Dialog um Wahrheit und Echtheit der Wertsysteme gestritten wird. Das ist ohne Negation oder In-Frage-Stellung der geäußerten Aussage nicht möglich. Darum ein letztes Mal die Frage: Wollen Sie endlich einmal anderer Meinung sein als ich?
B: Ich denke nicht daran!
A: Na Gott sei Dank, das Stück kann beginnen.
B: So ist es.
A schaut B lange an, hebt verzweifelnd die Hände und stürzt von der Bühne.
B *langsam und lachend*: Der Narr, er glaubte noch an den Dialog! *Zögernd ab.*

Der durchschaute Geist

Es klopft. B tritt ein, listig blickend. Er trägt ein Hütchen, das mit einer Hahnenfeder geschmückt ist.

A *auffahrend*: Bist du der Geist, der stets verneint?

B: Nein.

A: Bist du ein menschlich Wesen?

B: Nein.

A: Bist du ein Bewohner anderer Sphären?

B: Nein.

A: Bist du ein Tier?

B: Nein.

A: Ein Gott?

B: Nein.

A: Dann bist du doch der Geist, der stets verneint.

Schlägt das Kreuzeszeichen.

B: Weh mir, wie konnte er mich so durchschauen?

Die Erde öffnet sich, B verschwindet.

Rübezahls Rache

A und B stehen auf dem Gipfel des Riesengebirges.

A: Siehst du sie dahinten?

B: Wen?

A: Na, die ganze Bagage, Rübezahl und seine Zwerge.

B: Um ehrlich zu sein, ich sehe nur Rübezahl, von seinen Zwergen kann ich nichts erblicken.

A: Schau nur genauer hin! Das Gewusel um ihn, das sind die Zwerge.

B: Die klitzekleinen Wichtel sollen Zwerge sein?

A: So ist es.

B: Daß ich nicht lache! So sehen also Zwerge aus! *Laut*: Hallo, Rübezahl! Schönen Gruß an deine Zwerge. Sag ihnen, daß sie reichlich…

A: Still um Himmels willen!

B: Papperlapapp! Sag ihnen, daß sie reichlich klein geraten sind! Haha!

Ein Blick Rübezahls verwandelt ihn in einen Buntsandsteinfelsen.

A: Der lernt doch nie aus!

Schnell ab.

Das endlose Verhör

A: Es hilft nichts, du mußt daran glauben.

B *auf einen Stuhl gefesselt*: Aber bin ich doch unschuldig.

A: Das kannst du nicht beweisen.

B: Doch.

A: Also, wo warst du am 13. Juni des letzten Jahres?

B: Auf einem Maskenball.

A: Haha, auf einem Maskenball! Wer das glaubt! Etwas Besseres fiel dir wohl nicht ein. Seit wann gibt es im Juni Maskenbälle?

B: Jetzt erinnere ich mich! Es war gar kein richtiger Maskenball. Das heißt: es war ein Maskenball ohne Masken.

A: Und woher wußtest du dann, daß es ein Maskenball war?

B *schweigt*

A: Also, was ist? Wo warst du denn in Wirklichkeit?

B: Wann?

A: Am 13. Juni des letzten Jahres!

B: In der Volkshochschule.

A: So, in der Volkshochschule. Nicht zufällig in der Kramerstraße?

B: Nein, nein. Ich hörte einen Vortrag über Paul Klee. Einen Vortrag mit vielen Bildern.

A *lauernd*: Was für Bildern?

B: Ganz verschiedenen. An eines kann ich mich noch erinnern, es hieß DER ISENHEIMER ALTAR.

A: DER ISENHEIMER ALTAR ist also von Paul Klee?

B: Ja.

A: Nicht von Grünewald?

B *schweigt*

A *lauter*: Nicht von Grünewald?

B: Ich laß mich hier nicht ausfragen! Wer sind Sie überhaupt? Ich kenne Sie gar nicht. Ich sag jetzt überhaupt nichts mehr. Schluß. Aus.

A: Dann mußt du eben doch dran glauben.

Er nimmt ein Messer.

B: Aber ich bin doch unschuldig.

A: Das kannst du nicht beweisen.

B: Doch.

A: Wo warst du dann am 14. Juni des vergangenen Jahres?

Es wird dunkel.

Unerwartetes Glück

A *sitzt in der Stube. Es klopft.*

A: Grüß Gott, tritt ein, bring Glück herein!

B *von draußen*: Ich weiß nicht, ob ich da der Richtige bin. Vielleicht enttäusche ich Ihre Erwartungen.

A: Immer rein, wenn's kein Schneider ist!

B: O nein, das nicht. Aber Sie könnten es bereuen, mich hereingebeten zu haben!

A: Immer herein, ist die Stube auch klein!

B *öffnet die Tür einen Spaltbreit*: Waren Sie der Mann, der mich bat, Glück hereinzubringen?

A: So ist es! Und nun frisch herein!

B *tritt herein mit einem Füllhorn und schüttet aus: einen Geldschrank voller Münzen, ein Auto, eine Waschmaschine, einen Rasenmäher, viele Zahnbürsten*: Viel Glück!

A: Nicht doch! Aufhören! *Ein Doppelzentner feinster Unterwäsche begräbt ihn. Er arbeitet sich hervor.* Schluß jetzt! Hilfe!

B *schüttet weiter. Eine Betonmischmaschine, einen Kontoauszug, sieben wunderhübsche Mädchen, einen Achter mit Steuermann, dressierte Meerkatzen, die dauernde Gesundheit, die ewige Seligkeit, ein Eigenheim. A ist in den äußersten Winkel des Zimmers geflüchtet. Nur noch sein Kopf ist sichtbar.*

A: Hilfe!

B *stülpt sein Füllhorn um. Ihm entfallen eine vollständige Campingausrüstung, ein Freiabonnement, Kurzwaren ohne Zahl und 10 000 Diener. Von A ist nichts mehr zu sehen. Seine Rufe sind verstummt.*

B: Der wird demnächst mit seinen Reden vorsichtiger sein!

Er verläßt den Raum. Man kann es kaum ein Verlassen nennen, da der Raum so voll ist. Und nicht nur er. Auch das Vorzimmer ist mit Gegenständen gefüllt. Sogar vor dem Hause liegen sie noch, so weit das Auge blicken kann.

Falsche Rücksichtnahme

Eine Waldlichtung. Im Hintergrund ein Abgrund.

A liegt in der Mitte der Szene, von links tritt B mit einem Fahrrad auf.

A: Weh mir, ein Speer in meiner Brust!

B: Weh dir, ein Speer in deinem Fuß!

A: Dank für deine Anteilnahme, Fremder. Jedoch traf mich der Speer in die Brust, nicht in den Fuß.

B *beiseite*: Weh ihm! Seine Sinne verwirren sich. Er kann Brust und Fuß nicht mehr unterscheiden. *Laut*: Ist es nicht der Fuß, der von dem Speer getroffen wurde?

A *beiseite*: Weh ihm! Der arme Schelm hat sein Augenlicht verloren. Ich muß ihn bei seiner Meinung lassen, um ihn nicht vor den Kopf zu stoßen. *Laut*: Nun merk ichs auch, es war der Fuß, nicht die Brust. Leb wohl.

Er verscheidet.

B *lauscht eine Weile, als er nichts hört*: Der Tropf scheint doch tatsächlich gestorben zu sein. Wer hätte gedacht, daß Fußverletzungen so wirken können.

Er steigt kopfschüttelnd auf sein Fahrrad und fährt auf den Abgrund zu. Er verschwindet. Ein Schrei. Ende.

Das Rätsel der schwarzen Nase

A: Was hast du für eine schwarze Nase!
B: Schau dich lieber an!
A: Was heißt das? Willst du sagen, daß ich eine schwarze Nase habe?
B: Das nicht.
A: Sondern?
B: Du bist ein ganz häßlicher Vogel. Deine Augen quellen hervor wie die eines Frosches, dein Mund ist breit wie der einer Flunder, deine Ohren – weißt du, wie deine Ohren aussehen?
A: Nein.
B: Wie Henkelohren, dein Kopf ist verschorft, deine Stirn ist so niedrig wie die eines Maultieres, deine Zähne...
A: Jetzt wirst du unsachlich! Ich habe doch nur gesagt: Was hast du für eine schwarze Nase.
B: Na und? Ich bin ein Neger!
A: Aber darum ging es doch. Das wollte ich wissen. Du bist ein Neger, das ist des Rätsels Lösung. Du bist nichts weiter als ein ganz schwarzer Neger. Daher auch deine schwarze Nase. Jetzt verstehe ich alles!
B: Aber du bist viel häßlicher als ich!
A: Aber du bist ein Neger.
Während der folgenden Schlägerei wird es langsam dunkel.

Aus Haus »Philosophischem Skizzenbuch«

Die Begegnung des Guten, Schönen und Wahren
mit dem Bösen, Häßlichen und Verlogenen

Neben Sokrates ist es in erster Linie Adolf Brettschneider, der Haus Philosophieren beeinflußt hat. Ihm, dem 1935 verstorbenen großen Lehrer, setzt er in der Figur des Lao-tschi ein Denkmal, das wahrhaft dauernder als Erz genannt werden darf.

Die Weisheitslehren des Lao-tschi

Aus dem Buch der Wandlungen I

»Seht diesen Baum«, sagte Lao-tschi einst seinen Schülern unter einer Yunga-Eiche, in deren Schatten sie nach anstrengender Wanderung um die Mittagszeit ausruhten. »Mannsdick der Stamm, sieben Kulis könnten ihn nicht umfassen, stark wie die Arme der Arbeiter von Sezuan die Äste, nicht zu zählen das Blattwerk. Und doch war er einst eine winzige Eichel, ein unscheinbarer Keim. Was lernen wir daraus?«
Die Jünger, die bereits die Augen geschlossen hatten, öffneten sie wieder für einen Moment.
»Geschenkt, Meister, geschenkt!« riefen sie und »Schon gut«.
Seufzend blickte der Lehrer um sich, und als er alle schlafen sah, folgte er mißmutig ihrem Beispiel.

Aus dem Buch der Wandlungen II

Eines Abends kam ein Jünger zu Lao-tschi und sagte mit erregter Stimme: »Meister, du erzähltest doch einst die Parabel von der Kirsche und dem Spatzen.«
Lao-tschi schaute auf und sagte: »So, tat ich das?«
»Ja«, sagte der Schüler. »Du erzähltest, daß ein Spatz eine Kirsche sah und Appetit nach ihr verspürte und sie verschlang. Da sie aber zu groß für ihn war, erstickte er an ihr. So geht es jedem, der allzu habgierig ist, sagtest du.«
»Sagte ich das?« fragte Lao-tschi. »Dann wird es wohl stimmen.«
»Nein, es stimmt ganz und gar nicht!« schrie der Schüler. »Ich

habe daraufhin die Spatzen beobachtet. Sie denken nicht daran, Kirschen zu verschlucken. Sie picken langsam an den Früchten herum, bis sie genug haben.«

»So?« sagte der Meister glücklich. »Da sagt man immer, die Spatzen hätten nur ein kleines Hirn. Und trotzdem haben sie auf meine Worte gehört und sich gebessert. Was lernen wir daraus?«

»Daß deine Parabeln hinten und vorne nicht stimmen«, brüllte der Schüler.

»Das auch«, entgegnete der Meister. »Aber ich wollte eigentlich noch etwas anderes sagen. Wie war das gleich? Na, es tut nichts zur Sache.«

Und er vertiefte sich wieder in das Buch der 88 Sprüche, während sein Schüler in eine Dunkelheit hinauswankte, die für ihn auch durch den milden Vollmond nicht heller wurde.

Aus dem Buch der Wandlungen III

Lao-tschi pries einst das Wasser.

»Ich wüßte wirklich nicht, was ihm gleichkäme«, sagte er. »Der Wein? Nein, der ist von anderem Geschmack und berauscht. Das Gras? Nein, es ist grün und oben spitz. Der Stein etwa? Nein, der ist rund, und man kann ihn wegwerfen. Der wilde Büffel? Nein, er rennt ziellos hin und her und kann mit dem Schwanze wedeln.«

Hierauf schwieg Lao-tschi eine Weile, worauf er erschöpft fortfuhr: »Ich könnte euch noch andere Beispiele nennen. Doch vielleicht glaubt ihr mir auch so, daß ich wirklich nicht weiß, was dem Wasser gleichkäme?«

»Aber ja!« riefen die Schüler, die nicht im mindesten daran gezweifelt hatten. »Aber ja! Und nun ruhe wieder ein wenig, Meister!«

Haus Bemühung um den Dialog endete nicht beim Verstummen des Laotschi. Ein Zufall gibt ihm die Möglichkeit, den Dialog in einer Form weiterzutreiben, die für die Stimme, das menschliche Sprechen, wie geschaffen scheint: im Hörspiel.

Am 14. April 1932 rettet Arnold Hau, damals an Ausgrabungen in

Mailand beteiligt, Rudolph Martzius, den Nestor der deutschen Rundfunkpioniere, aus einer schweren Ehekrise. Zum Dank schenkt ihm Martzius eine halbe Stunde Sendezeit – und damals war eine halbe Stunde noch eine Zeit! Hau nutzt sie. Er schreibt das Hörspiel: »Blumen, was ist das?«
Eine weitere Frucht der intensiven Zusammenarbeit von Hau und Martzius war das von Hau schon 1926 entwickelte runde Radio, das dem deutschen Rundfunk mit Sicherheit ein neues Gepräge gegeben hätte. Leider zerschlägt sich das Projekt. Eine neuerliche Ehekrise, der Martzius schließlich erliegt, verhindert die geplante Serienproduktion.
Ebenfalls aus dem Jahr 1932 scheint mir die undatierte Bildfolge »Auf falscher Bahn« zu stammen. Für diese Einordnung spricht, daß – wie im Hörspiel – das Motiv der gestörten Gemeinsamkeit, ja der Unmöglichkeit des Zusammengehens die Szene beherrscht.

Blumen – was ist das?
Ein Hörspiel

Hallende Schritte, die langsam näher kommen.
DER ALTE MANN: Einmal, da gab es Blumen…
DAS KIND: Blumen, was ist das?
DER ALTE MANN: Ich erinnere mich nicht genau, aber ich weiß, daß es einmal Blumen gab, damals am Teich, den ich mit Silke entlanglief an jenem heißen Sommerabend…
Leises Plätschern, laufende Schritte, Gelächter von zwei Stimmen, einer mädchenhaften und der eines Jungen…
DER JUNGE: Gibs her! Gibs her! Das gehört mir!
DAS MÄDCHEN: Hols dir doch!
Sie lacht.
DER JUNGE: So, jetzt hab ich dich! (Keuchend) Gib es her, sonst tu ich es!
DAS MÄDCHEN (lachend): Das glaub ich nicht!
DER JUNGE: Brauchst ja nicht zu glauben. Ich tu es trotzdem.
DAS MÄDCHEN: Gib doch nicht so an! Du tust es nicht, das weißt du doch! Du wirst es nie tun.

DER JUNGE: Warum?
DAS MÄDCHEN: Weil du genauso bist wie die anderen.
DER JUNGE (leise): Wie welche anderen?
DAS MÄDCHEN: Na, wie mein Onkel etwa, wie Harald, wie Tom...
DER JUNGE: Ich bin anders als sie. Ich werde es tun.
DAS MÄDCHEN: Nein!
DER JUNGE (schreiend): Doch!
DAS MÄDCHEN: Nein!
DER JUNGE: Doch, doch, doch!
Das Mädchen lacht, eine laute Welle bricht sich, aus dem Hall die Stimme des alten Mannes.
DER ALTE MANN: Ja, damals! Wir waren so jung und sprangen durch die Blumen...
DAS KIND: Was ist das – Blumen?
DER ALTE MANN: Ich wünschte, ich könnte es dir erklären. Blumen... Sie sind wunderschön, sie wachsen auf langen, saftigen Stengeln. Jetzt erinnere ich mich... Es gibt mehrere Sorten... Veilchen... Primeln... Gladiolen... Gladiolen...
Leises Stimmengewirr.
EINE FRAUENSTIMME: Gladiolen! Wie lieb von dir!
DER JUNGE MANN: Sie gefallen dir?
DIE JUNGE FRAU: Sehr! Wie die Farben glühen...
DER JUNGE MANN: Ja, heute ist ein Festtag, heute können wir uns mal was leisten...
DIE JUNGE FRAU *ängstlich*: Wieso?
DER JUNGE MANN: Nun freu dich doch lieber, daß wir uns mal was leisten können, und frag nicht, wieso und weshalb! Ich habe es eben getan, und es hat geklappt... Wie siehst du mich denn an?
DIE JUNGE FRAU: Ich ahnte es... Ich ahnte es schon seit Wochen, daß du es einmal tun würdest... O du! *Schluchzend*: O du!
Papier wird zerknüllt, dann zerrissen. Hastige Schritte, die sich durch das Stimmengewirr entfernen.
DER JUNGE MANN: Bleib doch, bleib doch... Was soll denn das?
Sein Rufen wird schwächer, die Stimmen schlagen über ihm zusammen... Im Hall: Bleib doch. *Normal*: Bleib doch!

DER ALTE MANN: Bleib doch! sagte ich ihr, doch sie war fort, und ich stand da mit den Blumen...

DAS KIND: Was sind Blumen?

DER ALTE MANN: Sie können so vieles sein. Damals waren sie für mich Zeichen verlorenen Glücks, das ich zu bewahren trachtete, doch sie welkten, Blatt fiel um Blatt, während die Uhr in meinem Zimmer tickte und ich den Strauß betrachtete...

Das Ticken einer Uhr, immer wieder von dumpfen Aufschlägen unterbrochen.

DER JUNGE MANN: Blatt fällt um Blatt.

Ein Aufschlag, der verhallt.

DER ALTE MANN: Blatt fiel um Blatt, schließlich war die Blume entblättert...

DAS KIND *weinend*: Was ist das: eine Blume?

DER ALTE MANN: Nun wein doch nicht, schau, ich erkläre es dir doch... Eine Blume, das ist eine Verheißung... Und nie sind Blumen verheißungsvoller als im Krieg. Da sah ich einmal eine... Wir rückten gerade vor... nein, nicht ich sah sie, Erwin erblickte sie zuerst...

Im Hintergrund MG-Geknatter.

ERWIN: Und dann hast du es getan, und die Frau türmte? Das glaube ich nicht, dazu bist du nicht fähig.

DER MANN: Doch. Ich habs getan. Zuerst von vorn und dann von hinten.

ERWIN: Komm, mich brauchst du nicht anzumeiern.

DER MANN: Ich meier dich nicht an!

ERWIN: Na laß mal! Du meierst mich ganz schön an!

DER MANN: Nein ehrlich, du wärest der letzte, den ich anmeiern würde.

ERWIN: Kumpel, erzähl mir nix... Mensch, ich werd verrückt, dahinten, da steht ja 'ne Aster!

DER MANN: Wo? Jetzt meierst du mich an!

ERWIN: Nee, Kumpel, schau mal gradaus, dahinten, siehst du sie nicht, die blaue Aster?

DER MANN: Nein. Ich sehe keine Aster. Und wenn hier einer ein Anmeierer ist, dann bist du das!

ERWIN (leise): So, du hältst mich für einen Anmeierer, was? So was hört Erwin nicht gern... So was hört er sehr ungern... Du glaubst nicht, daß da eine Aster steht? Paß auf, ich hol sie!

DER MANN: Erwin, Mensch, bleib in Deckung, das ist ja Wahnsinn...

Eine Detonation.

DER MANN *schreiend*: Erwin, Erwin!

Detonation verhallend.

DER ALTE MANN: Dann lag er da... tot... Die eine Hand krampfhaft geschlossen... Ich öffnete sie... In ihr lag eine kleine blaue Blume.

DAS KIND (schluchzend): Was ist eine Blume?

DER ALTE MANN: So sei doch still! Blumen, ja was sind Blumen...

Das Kind weint, während der alte Mann weiterspricht.

Schau, die Sonne... Sie ist rund und gelb... Es gibt auch solche Blumen... Sonnenblumen... Sie umstanden das Haus, in dem ich Silke ein letztes Mal klarzumachen versuchte, warum ich es getan hatte, tun mußte. Es war Frühling... ein Kuckuck rief...

DIE ALTE FRAU: Der Kuckuck!

DER ALTE MANN: Lenk nicht ab! Hast du jetzt begriffen, warum ich es tat?

DIE ALTE FRAU: Nein. Wovon sprichst du denn?

DER ALTE MANN: Von jenem Vorfall, nach dem du wegliefst, und ich stand da mit den Gladiolen...

DIE ALTE FRAU: Ich dachte, du sprachst von jenem Nachmittag, als wir am See entlangliefen und du es zurückhaben wolltest.

DER ALTE MANN *seufzend*: Es hat keinen Sinn mehr! Wir reden aneinander vorbei. Ich hätte es wissen müssen! Ich hätte gar nicht erst kommen sollen... Wir haben uns nichts mehr zu sagen...

Ein Kuckucksruf, der in Hall übergeht.

DER ALTE MANN: Und dann verließ ich sie. Ich warf noch einen Blick auf das Häuschen, auf die Sonnenblumen, die es umstanden, und auf die Vögel, die zwischen ihnen hin und her flatterten, und dann ging ich. Weißt du jetzt, was Blumen sind?

DAS KIND *zögernd*: Jaa... Ich glaube... aber was sind Vögel?

DER ALTE MANN *leise*: Vögel... Vögel... ja, was sind Vögel? Ich will versuchen, es dir zu erklären. Schau, ein Vogel, das ist ein... Nein, das ist nicht deutlich genug, Vögel sind... Ja, schau dorthin, was da in der Luft fliegt, das sind Vögel.
DAS KIND: Ach so, diese Piepmätze sind Vögel?
DER ALTE MANN: Was denn sonst? Und jetzt komm, wir müssen weiter...
Schritte, erst normal, dann im Hall, sie werden immer leiser.
Ende.

Auf falscher Bahn

Du bist
Weitspringer,
Kamerad?

Dann mußt Du
ins Gottfried-Hammer-Stadion.
Hier ist nur Hochsprung

Danke für den Hinweis

Diese Weitspringer! Wer es nicht im Kopf hat muß es in den Beinen haben.

Andorra
oder Mensch und Unmensch

1939. Jahrelang ist Arnold Hau gereist. Florenz, Warschau, Luegi, Asien und Frankreich heißen einige der Stationen seiner Wanderschaft. Jetzt hat er das Bedürfnis nach Ruhe und Geborgenheit. Der Zufall hilft ihm, eine Bleibe zu finden. Er lernt 1939 in Wiesbaden Lou (Louise) Wahldorf kennen, mit der ihn bald eine enge, aber geistige Bindung vereint.
Diese weltgewandte Frau leitet eine Holdinggesellschaft in Andorra, und Hau folgt ihr in dieses ruhige Fleckchen Erde. Hau fragt und strebt weiter, aber sein Fragen wird gelassener, sein Streben ruhiger. Ein nie verletzender, versöhnlicher Humor klingt an, wie man ihn bisher in seinen Werken vergebens gesucht hätte. Heiter und weltbejahend sind schon die Titel seiner Gedichte und Bildfolgen: »Pünktlichkeit ist eine Zier«, »Bekenntnis«, und, unmißverständlich, »Ein Ja zum Leben«. Auch der Stil seiner Zeichnungen wird lockerer, ja oft scheint er fast das Karikaturistische zu streifen.

Pünktlichkeit ist eine Zier…

DIE ZWÖLF IST MIR VOR DER NASE WEGGEFAHREN. ES TUT MIR HERZLICH LEID
DASS MIR DAS NICHT NOCHMAL VORKOMMT
NICHT NOCHMAL! ICH VERSPRECHE ES IHNEN
WÄRE ER ZEITIG VON ZU HAUSE WEGGEGANGEN, HÄTTE ER DIE ZWÖLF NOCH GEKRIEGT

ICH LIEBE DAS LEBEN
WER QUATSCHT DENN DA SO DUMMES ZEUG ?
JA, ICH WEISS, DASS MEINE ANSICHT HEUTE RECHT UN-POPULÄR IST, ABER ICH LIEBE NUN MAL DAS LEBEN UND ICH WÄRE DER LETZTE,
IST JA GRAUENHAFT !
...DER IN STUMPFER BORNIERTHEIT DAS SCHÖNE IM LEBEN NICHT WAHRHABEN WOLLTE. ICH...

AUF-
HÖREN!
AUCH WENN MANCHEN LEUTEN MEINE MEINUNG NICHT PASST, ICH WERDE ES IMMER UND IMMER SAGEN:
ICH LIEBE DAS LEBEN!

Bekenntnis

Ich liebe die Wiesen, die Straßen, den Wald,
die Länder und Städte, wo Menschheit sich ballt.
Doch Dörfer und Herren, den Topf und den Baum,
die haß ich wie Messing, wie Pfirsich und Pflaum.
Die Mäuse und Mädchen, die hab ich recht gern,
doch Klöster und Sperber, die stehen mir fern.
Mich ärgern Vulkane, doch völlig neutral
steh ich zu Klavieren, zu Gras, Rauch und Zahl.

Bis 1942 aber ist fast alle diese Heiterkeit des Herzens verflogen. Hau wird stiller, ernster. Noch steht er hinter seinem »Ja zum Leben«, aber er kann seinen Blick doch nicht vor dem vielen Unrecht, dem Sengen und Morden verschließen, von dem die Weltgeschichte so voll ist.
»Kunst muß engagiert sein, wie wäre sie sonst Kunst?« telefoniert er mir im Nachsommer 1942. Was er jetzt schreibt und zeichnet, ist flammender Protest gegen die sozialen Mißstände unserer Zeit. Obwohl das Drama »Lang lebe Gustav Adolf« formale Ähnlichkeit mit Haus historischen Dramen früherer Jahre aufweist, ist sein Gehalt doch ein ganz anderer. Ebenso wie in den Gedichten und Bildfolgen dieser Zeit brandmarkt er auf das entschiedenste das Morden und Brennen und prangert Bosheit und Faulheit, Habsucht und die Trägheit des Herzens an. In Andorra ist es ruhig, aber Hau zeigt in diesen stillen Jahren, welche extreme Spannweite sein Denken durchmessen konnte. Neben dem »menschlichen Menschen« ruht »l'homme engagée«, schon leise Erschütterung, ein trüber Tag mit Föhn, vermag ihn aufzuwecken.

Leider sind die meisten großen Werke dieser engagierten Periode nicht mehr erhalten. Sie fielen der großen Überschwemmung, die 1942 von einer radikalen Minderheit in Andorra inszeniert wurde, zum Opfer.

Lang lebe Gustav Adolf!
Szene aus der Belagerung Magdeburgs

Die Bühne ist in ein mäßiges Halbdunkel getaucht, das im Verlauf der ersten Worte immer heller wird. Die Helligkeit muß beim Vorbeizug Gustav Adolfs den Höhepunkt erreichen und danach langsam wieder abnehmen. Im Vordergrund der Bühne sind zur Linken drei Feldgeschütze aufgefahren, zwei Landsknechte sind damit beschäftigt, sie zu reinigen. Ein dritter rupft ein Huhn, während er ein Soldatenlied singt. Zur Rechten einige zerschossene Bäume, darunter sieben schlafende Landsknechte in malerischer Tracht. Im Hintergrund das brennende Magdeburg, deutlich sichtbar die Türme der Petrikirche, des Doms, des Zeughauses, des Rathauses.

DER ERSTE SOLDAT *beendet die Reinigung. Er lädt die Kanone und feuert sie ab. Der Turm der Petrikirche bricht zusammen.*

DER ZWEITE SOLDAT *unterbricht die Reinigung, tritt einige Schritt auf Magdeburg zu, wendet sich zurück. Mit Begeisterung*: Getroffen! Das nenn ich einen Schuß!

DER ERSTE SOLDAT *lacht befriedigt*: Hahaha, das will ich meinen.

EINER DER SCHLAFENDEN *fährt auf, ruft verwirrt*: Der Sieg ist unser! *Legt sich wieder zur Seite.*

DER DRITTE SOLDAT *beiseit*: Sie werden schon sehen, was dabei herauskommt. *Lacht grimmig.*

Der erste Soldat feuert einen zweiten Schuß ab. Der Turm des Domes bricht zusammen.

DER ZWEITE SOLDAT: Der Schuß saß!

DER ERSTE: Das will ich meinen, haha.

Unruhe unter den Schlafenden.

DER DRITTE SOLDAT *zu sich*: Wenn die so weitermachen, ist der Krieg bald aus.

DER ERSTE *will einen dritten Schuß abfeuern.*

DER ZWEITE *wendet sich zu ihm hin*: Laß mich mal!

Er lädt die Kanone und schießt. Der Turm des Zeughauses geht in Flammen auf.

DER ERSTE *teuflisch lachend*: Da wächst kein Gras mehr!

DER ZWEITE: Das ist wohl klar!

EINER DER SCHLAFENDEN *steht auf. Vorwurfsvoll*: Was soll denn der Lärm? *Ab.*

DER DRITTE *beiseit*: Wenn die so weitermachen, ist Magdeburg bald zum Teufel.

DER ERSTE: Nun bin ich wieder an der Reihe.

Will schießen. Unruhe hinter der Bühne, Pferdegetrappel, Trompetensignale. Von rechts reitet Gustav Adolf mit seinem Gefolge auf die Bühne. Er trägt den Arm in einer Schlinge, Landsknechte und Zwerge folgen ihm.

Er wendet sich an seinen Nachbarn. Schwedisch: Var skall vi göra?

Der Zug hält inne.

DER BEGLEITER *lachend*: Ingenting!

DER ERSTE SOLDAT: Gott grüß euch, Gustav Adolf!

DER ZWEITE *wirft seinen Hut in die Luft, er rollt nach links hinter die Bühne. Ab.*

GUSTAV ADOLF *sehr ernst*: Hip Hip, Hurrah!

Nach links mit Gefolge ab.

EINER DER SCHLAFENDEN *richtet sich verstört auf*: Was war denn das für ein Lärm?

DER ERSTE *begeistert*: Das war unser König Gustav Adolf!

DER DRITTE *beiseit*: Der macht es auch nicht mehr lange!

Lacht grimmig.

Ein Schuß, der Turm des Rathauses bricht zusammen.

SIE SAFTSACK
WAS ?
HERR WACHTMEISTER, KOMM'N SE DOCH MAL RÜBER
WAS HABEN SIE EBEN GESAGT?
SAFT SACK

KOMM SE MAL MIT
SIE SAFTSACK
JETZT WERDEN SE ABGEFÜHRT, SO!
MARSCH MARSCH, AUF DIE WACHE
DIESER SAFTSACK DIESER...

Gerichtsbericht

Der Staatsanwalt erhob die Klage
gegen August Hermann Schrage:
»Dieser Mann steht im Verdacht,
der zu sein, der gestern nacht
mit Chinesen sich verbündet
und den Stadtpark angezündet.
Sodann unter falschem Namen
siebenhundert fremden Damen
feierlich die Eh' versprochen
und sofort danach gebrochen,
ferner zwanzig Kilo Schriften,
um die Jugend zu vergiften,
an dieselbe ausgeteilt.
Damit nicht genug – er feilt'
d'rauf die Schlösser auf zum Hause
des Direktors Jürgen Krause,
stahl dort alle Dividenden,
zog dann mit impertinenten
Flüchen über unser Heer
und den Präsidenten her.
»Wenn«, – er zeigte da auf Schrage,
der still dasaß, – »wenn! ich sage:

wenn der Mann der Täter war,
kriegt er sicher dreißig Jahr.«

Dann bewies der Staatsanwalt
lückenlos den Sachverhalt,
so daß jeder, ob er wollte
oder nicht, dem Schrage grollte,
und seitdem sitzt der Berserker
verdientermaßen fest im Kerker.

Frühes Leid

Sei doch wieder froh! Kopf hoch, Mädel!

Der späte Hau

1947 beginnt eine neue Phase im Schaffen Arnold Haus. Es wäre diesmal müßig, die Ursachen im Privaten zu suchen. Das Zerbrechen der fast zwanzig Jahre dauernden geistigen Gemeinschaft mit Lou (Louise) Wahldorf könnte seinen hastigen Aufbruch aus Andorra erklären.
Der fehlgeschlagene Versuch, eine Aussöhnung mit dem Vater herbeizuführen, mag ihn ebenfalls tief getroffen haben. Doch während Arnold Hau depressive Phasen sonst nach kurzer Zeit überwand, erleben wir seit 1947 einen Wandel der Persönlichkeitsstruktur, der ihn und sein Werk auf tiefgreifende Weise verändert. Bildhaften Ausdruck findet dieser Wechsel in einem Gedicht, dessen erster Teil 1932 entstand und noch ganz den frohen und selbstsicheren Hau zeigt. Er lautet:

In einem Haselstrauch
da blüht ein Knobellauch.
Er steht recht stramm im Schaft
und strotzt vor Saft und Kraft.

1947 vollendet Arnold Hau dieses Gedicht mit den Zeilen:

Die Blüten sind so fahl,
die Stengelein so schmal.
Und von dem dicken Stiel
da sieht man auch nicht viel.

Er wohnt nun in Stuttgart, Filderstraße 118. Hier entsteht ein Text, der ein Programm für die Werke der späteren Zeit sein könnte. Noch immer stellt Hau die Frage: »Was ist der Mensch?« Doch er glaubt nicht mehr an eine bündige Antwort, an ein System, das die Phänomene gliedert und in einen sinnerfüllten Bezug setzt. Seine Suche – das zeigt der Text in eindringlicher Weise – wird zu einem großen Dennoch. Er lautet:

Der Fund

Es hat eine Kiste auf den Strand geschwemmt. Was ist in der Kiste drin?
Folgendes ist in der Kiste drin:
1 Metronom, 1 Flasche Rum, 1 Habicht (ausgestopft), 2 Bücher (Thomas Mann »Lotte in Weimar« und das »Handbuch für Vogelfänger«), 1 Kanone, 1 Idee dafür, eine Menge kleiner grauer Kugeln, 1 Senfdose, 1 Peitsche, 1 Torso: Stilart antik, aus Marmor, mehrere Briefmarken, Tabak, 1 kleine Kiste mit Sand, Unterwäsche, 1 Brikett, 2 Tuben Ultramarin, 1 Pferd, 1 Wagenrad, 1 Räderwerk, 1 Werkstatt, 1 Statthalter, 1 Füllhalter, 1 Büstenhalter, 1 Knopf, 1 Kieselstein, 1 Steinbruch, 1 Umbruch, 1 Layout, und das Menschenbild, das neue.
Das alles ist in der Kiste drin.
Die Kiste ist vom lieben Gott, an alle Menschen adressiert. An dich, an mich, und besonders an Karlchen Bantz.

Der Macht-Mensch

Mai 1955. Arnold Hau verbringt seinen Urlaub in Golchstadt. Außer ihm ist nur noch ein Gast in der Pension: der Volksdemagoge Kornemann. Er ist der erste Machtmensch, den Hau kennenlernt.

»Was treibt den Menschen dazu, Macht über andere Menschen anzustreben?« schreibt Arnold Hau in sein Tagebuch und beobachtet fasziniert, wie Kornemann, der eigentlich Ferien machen will, schon vom ersten Tag an beginnt, zu intrigieren, den Stadtrat der Urlaubsstadt zu spalten, die Pensionsleitung zu entzweien und die Stadtwerke aufzuwiegeln. Er, Hau, registriert als Unbeteiligter die Aufläufe, die Kornemann anzettelt, die Machtergreifung des Demagogen am 25.5. und seinen Sturz, als die Landesregierung am 1.6. gegen Kornemann einschreitet.

»Was treibt ihn dazu, ihn, der eigentlich nichts als Ruhe und Entspannung in Golchstadt suchte?« überlegt Hau und erkennt, daß es Menschen gibt, die einfach nicht von der Macht lassen können. Als Warnung und Menetekel schreibt Hau sein Singspiel »Machiavelliana«. Eine geplante Aufführung mit dem Laienspielkreis von Golchstadt-Süd wurde im Juli desselben Jahres vom Bürgermeisteramt mit allen Mitteln unterdrückt. Trotz solcher Wirkungen nannte Hau sein Singspiel später oft »ein verteufelt humanes Stück«.

Machiavelliana
Singspiel in drei Aufzügen

Personen:
Fürst (Bariton)
Tyrann (Baß)
Despot (Baß)
Machthaber (Tenor)
Zar (Baßbariton)
Bettler (Mezzosopran)
Soldat (Alt)
Zeit: in unserem Jahrhundert
Ort: auf Schloß Irgendwo

1. Aufzug
Schloßhof; vor dem großen Tor.

BETTLER: Sie kommen! Gleich geht's wieder los! Helft! Gebt! Milde…
SOLDAT: Was faselst du da, Alter?
BETTLER: Du, wackrer Krieger? Ach, auch du kennst Härte nur…
SOLDAT: Was soll das heißen, Galgenvogel?
BETTLER: Ich will nichts gesagt haben…
SOLDAT: So hoff ich!
SOLDAT und BETTLER:
Vorsicht, Vorsicht,
stillgehalten!
Ohren auf und Schnauze zu!
Unter harten, unter kalten
Herren lebst auch du.

2. Aufzug

Kahler Saal im Schloß. Despot, Fürst, Tyrann, Zar und Machthaber treten aus verschiedenen Türen ein: sie treffen sich in der Mitte.

ALLE:
Schwäche, Weichheit und Geduld
sind an vielen Übeln schuld.
Aber stets haben's geschafft
Stärke, Härte, Kälte, Kraft.

DESPOT *tritt vor:*
Seh ich irgendwo Empörung,
hebt der Aufruhr frech sein Haupt –
was sagt man zu solcher Störung?
Wer hat so was je erlaubt?

ALLE:
Schwäche, Weichheit und Geduld
sind an vielen Übeln schuld.
Aber stets haben's geschafft
Stärke, Härte, Kälte, Kraft.

TYRANN *tritt vor:*
Soll ich meine Feinde schonen?
Soll ich Mangel an Respekt
noch womöglich hoch belohnen?
Damit wär nicht viel bezweckt!

ALLE:
Schwäche, Weichheit... etc.

MACHTHABER *tritt vor:*
Soll ich, wenn wo wer was will,
und der hält nicht gleich den Schnabel;
sag ich: »Schnauze!« – ist er still!
Denn was soll mir sein Gebrabbel!

ALLE:
Schwäche, Weichheit... etc.

FÜRST *tritt vor:*
Will ich mal was unternehmen,
frag ich nicht: wodurch, womit!
Wozu soll ich mich denn grämen?
Ich schlag einfach zu – das zieht!

ALLE:
Schwäche, Weichheit... etc.
MACHTHABER: Der Zar steht stumm und schweiget?
ZAR:
O wißt: ich mach nicht viele Worte.
In meinem Reich herrscht man – durch Morde!
MACHTHABER *stellt sich zum Zaren*: Recht so!
ZAR:
Kommt mir einer krumm...
MACHTHABER:
Den bringst du um!
ZAR: Recht so!
BEIDE:
Kommt uns einer krumm,
bringen wir ihn um!
DESPOT *stellt sich zum Tyrannen*: Wenn ich was nicht leiden kann, dann ist's, wenn einer dem anderen nach dem Munde redet.
TYRANN: Dann droht Gefahr! Ich seh es genau so.
FÜRST *hat gelauscht, tritt zu den beiden*:
Bei Gott –
ein Komplott!
ZAR *eilt herbei*:
Welche Störung –
eine Verschwörung!
DESPOT: Nichts da! Ich leid's nicht, wenn mir einer nach dem Munde redet! Dieser tat's! *Zeigt auf den Tyrannen.*
ZAR, FÜRST:
Wenn das alle täten!
Nach dem Munde reden!
Pfui Deibel!
Uns're Pflicht:
wir tun's nicht!
MACHTHABER *hält sich abseits, winkt dem Tyrannen*: Ich allein halt mich hier raus! Sagt, was war das eben?
TYRANN: Ich sagte: wenn einer wie der and're redet, ist's ein Komplott.
MACHTHABER *nickt*: Wie wahr!

ZAR, DESPOT:
Dort –
ein Komplott!
FÜRST: Schon wieder?
ALLE *streben auseinander*:
Wir reden zuviel,
wir reden zuviel!
Bald wird sich manches wandeln.
Bald sind wir still,
bald sind wir still,
und werden nur noch handeln!
ZAR *geht zur Mitte*:
Mein Plan ist gefaßt,
und wem das nicht paßt...
ALLE: Und wem das nicht paßt?
ZAR: Ich bring euch heute alle noch um!
DIE ÜBRIGEN:
Er bringt uns heute alle noch um,
er bringt uns alle heute noch um!
DESPOT *geht zur Mitte, der* ZAR *geht zur Seite*:
Wer mir nicht sofort Treue schwört,
wer fortan nicht auf mich nur hört,
der...
DIE ÜBRIGEN: Der?... Der?... Der?
DESPOT: Ihr seid bis heute abend tot!
DIE ÜBRIGEN:
Wir sind bis heute abend tot,
wir sind bis heute abend tot!
MACHTHABER:
Wer da meint und ist recht frech,
redet rum und steht im Weg,
der ist in meinen Augen...
DIE ÜBRIGEN: Der ist in deinen Augen?
MACHTHABER: Ich mach euch heut für immer stumm!
DIE ÜBRIGEN:
Er macht uns heut für immer stumm,
er macht uns heut für immer stumm!

TYRANN:
Die reden hier und tun so dick,
das brach schon manchem das Genick!
DIE ÜBRIGEN: So?… So?… So?
TYRANN: In einer Stunde häng ich euch auf!
DIE ÜBRIGEN:
In einer Stunde,
in einer Stunde,
in einer Stunde hängt er uns auf!
FÜRST: Wenn ich auch noch etwas sagen darf?
DIE ÜBRIGEN: Bitte!
FÜRST: Heute noch werdet ihr alle die Radieschen von unten sehn!
ALLE:
Wir bringen uns noch heute um,
heute abend sind wir tot.
Und sind auch bald für immer stumm,
o Freude, o Leid, o Not!
Wir leben nicht mehr lang,
drum woll'n wir fröhlich sein,
und unsern letzten Sang,
und unsern letzten Wein
den widmen wir…
den widmen wir…
TYRANN: Der Macht!
ALLE: Prost! Die Macht soll leben! *Alle trinken aus großen Pokalen.*
DESPOT: Der Kraft!
ALLE: Prost! Vivat Kraft!
MACHTHABER: Der… der… der…
ALLE: Wem?
MACHTHABER: Der Härte!
ALLE: Bravo! Hoch die Härte!
ZAR: Der Macht!
ALLE: War schon!
ZAR: Dann eben der Gewalt!
ALLE: Prost Gewalt!
FÜRST: Dem Zweck, der alle Mittel heiligt!

ALLE: Hurra! Der Zweck soll leben!

Währenddessen wird fleißig getrunken. Jetzt steigt ein lauter Kanon, von allen gesungen.

ALLE:

Nicht der Dreck, nicht der Fleck,
nicht der Zwiebelschneck –
nein, der Zwi, nein, der Zwa,
ja der Zwi-Zwa-Zweck,
der soll leeeeeeeben!

3. Aufzug

Szene wie 1. Aufzug

BETTLER: Solcher Lärm! Und das jede Nacht! Von unserm Geld...

SOLDAT: Sei bloß still, Alter!

BETTLER: Ich will ja nichts gesagt haben!

SOLDAT: So hoff ich!

BETTLER und SOLDAT:

Vorsicht, Vorsicht,
stillgehalten!
Ohren auf und Schnauze zu!
Unter harten, unter kalten
Herren lebst auch du...

Die Begegnung mit dem Volksdemagogen Kornemann ließ Arnold Hau den Glanz, aber auch das Elend der Starken und Mächtigen sehen. Die Kehrseite ihrer Pracht schildert er mit unbestechlicher Feder, doch auch seine Bildfolgen, die er mehreren, angeblich fortschrittlichen Zeitschriften anbietet, werden nicht gedruckt. Einflußreiche Interessengruppen verhindern, daß das Volk die Wahrheit erfährt.

Schuld und Reue

Ich widerlicher fetter, alter, überflüssiger und jähzorniger Kerl!

Ein schwerer Moment im Leben des Alten Fritz

Der kreative Mensch

Jahrelang hat Hau keine Gedichte mehr geschrieben. Sein lyrisches Ich scheint ausgebrannt. Da, 1955, während einer Zugfahrt nach Hamburg, regt es sich wieder.

Fahre weiter, kleiner Zug,
Fahre in die Fremde.
Hab ich auch kein Höschen an,
So reis' ich doch im Hemde...

dichtet Hau, und auch auf dem Seebäderschiff »Roland«, mit dem er nach Helgoland weiterreist, hält der schöpferische Sturm weiter an. »Erst auf dem Seebäderschiff Roland wurde ich wirklich zum Dichter«, *notiert Hau.* »Im Anfang war das Wort? Es ist auch am Ende! Der Mensch, der sich der Sprache begibt, begibt sich seines schöpferischen Menschseins.«
Im Gedicht, im Wortkunstwerk, beantwortet Hau nun uralte Fragen. Die nach der Fragwürdigkeit des Gedichts überhaupt, die nach den Ursprüngen der Menschheit, die Frage nach Swift, die, wie das Schaf zu seinem gestreiften Fell kam, und viele andere Fragen, so verschieden wie Tag und Nacht. Und trotzdem durch eine heimliche Klammer verschwistert: durch das Wort.

Frage

Kann man nach zwei verlorenen Kriegen,
Nach blutigen Schlachten, schrecklichen Siegen,

Nach all dem Morden, all dem Vernichten,
Kann man nach diesen Zeiten noch dichten?

Die Antwort kann nur folgende sein:
Dreimal NEIN!

Ballade vom Fisch

Der Fisch streicht durch die Wellen
Im nassen Element
Kein Dichter kann erhellen
Was ihm im Herzen brennt

Er hastet durch die Wogen
Es ist schon tiefe Nacht
Sein Weib hat ihn betrogen
Sein Kind hat ihn verlacht

Von Schmerz wird er getrieben
Der Gram wirft ihn an Land
Man fand ihn früh um sieben
Im heißen Sand am Strand.

Auch eine Kosmogonie

Einst, so sprach der Vatsayana,
War die Erde, war das Weltall,
Waren selbst die tausend Sterne
Gar nicht da. Statt dessen gab es
Eine ungeheure Leere,
Endlos weit, unglaublich dunkel,
Da geschah es.
Dunkel ballte sich zusammen,
Leere stürzte in ein Zentrum,
Und aus riesengroßen Wehen
Schleuderte die Unmaterie ein gestreiftes Pfauenei.
Ei ward und das Ei zerplatzte,
Aus ihm schoß ein gelbes Leuchten,
Schoß das erste Weltenhuhn.
Dieses Huhn begann zu kratzen,
Scharrt' zusammen Nichts und Leere,
Schob sie unter seinen Sterz und

Setzt' sich drauf und brütet', brütet',
Brütet' Tage, Wochen, Monde
Brütet' jahrmillionenlang,
Bis es seine Pflicht beendet
Und ein schwarzes, kleines Männlein
Naß noch aus den Schalen schlüpfte.
Dieses Männlein, dessen Name
Georg Phillip Seume war,
(Gregor Wertheim sagen and're, doch sie können's
Nicht begründen, gleichviel, dieses Männlein nun)
Schuf dann alles, was wir sehen:
Schuf das Wasser, schuf die Erde,
Bäume, Plätze, Pflanzen, Gabeln,
Schuf den Punkt und schuf den Würfel,
Schuf die Berge, schuf die Vögel,
Schuf die Menschen, schuf das Wetter,
Schuf die Häuser, schuf den Strich,
Schuf das Reh, schuf dich und mich,
EHRE SEINEM NAMEN.

Ein Erlebnis Swifts

Swift, schon älter,
Ging am Strand entlang, was er gern tat.
Da trat ein Mädchen vor ihn hin.
»Ich bin eine Zigeunerin«,
Sprach sie mit schriller Stimme.
Der Wind, der rauschte durch das Gras,
Doch Swift hörte nicht auf ihn.
»Du bist ein Maler«, sprach das Kind,
»Dein Name, der ist Harald,
Und du wirst 90 Jahre alt.«
Sie sprang davon und lachte hell,
Swift sah ihr sinnend nach.
»Von dem, was du mir da erzählt,
War alles töricht und verfehlt,

Da hat aber auch kein Wort gestimmt«,
Sagte er mehr zu sich als zur Entschwundenen.
Und er ging weiter.

Der unerzogene Zwerg

Einst tuschelte am Römerberg,
es war im Monat März,
ein feister untersetzter Zwerg
ins Ohr mir einen Scherz.
Der war so säuisch, war so fies,
daß ich den Zwerg am Römerberg
entrüstet stehenließ.

Das Knebellied

Der zweite Teil ist wie mit geknebeltem Munde zu sprechen.

»Gib mir den Säbel, liebes Kind,
Und sag mir, wo die Knebel sind.
Denn heute, heute gehts drauf und dran,
Die Türken, die Türken greifen an!«

So sprach der Bursch und zog aus mit Hurrah.
Erst nach siebzehn Stunden war er wieder da:

»Zhieh mhir dhem Sähbl ausm Bhauch,
Dhem Khnbll ausm Mhundhe auuch.
Dhnem cheuthecheuthe ghinghs dhraumfumddrhram,
Dhie Thürrkm, dhie Thürrrkm ghriffm ahmh!«

Maßnahmen gegen das Geschrei

In einem alten Amt
da sitzt ein Prokurist,
der schreit: Ich bin verdammt!
weil er alleine ist.

Doch da treten in sein Zimmer
zweimal hunderttausend Mann,
und von da an schrie er nimmer,
wie er vorher gern getan.

Vierzeiler

Im Burgenland, im Burgenland
sind viele Laster unbekannt
Nur Wollust, Völlerei und Neid
die kennt man dort seit ein'ger Zeit

Wie das Schaf zu seinem gestreiften Fell kam

Der Schäfer sprach:
Du lieber Gott,
all meine Schaf sind purpurrot!
Das geht mir auf die Nerven.

Da kam die junge Schäferin
mit leichtem Schritt und muntrem Sinn
und war auch der Meinung, daß es so nicht weitergehen
konnte.

Nun hörten sie ein Pfeifen –
heran trat Josef Kainz.
Schaf sehn und danach greifen,
das war bei ihm gleich eins.

Kaum hat er eins gegriffen,
ein feistes, rotes Schaf,
hat er nochmals gepfiffen;
dann sprach er: Schäfchen schlaf!

Der Kainz, der rief,
das Schaf, das schlief,
Hans Strobl kam heran.
»Heil König Heinrich unserm Herrn!
Ihr seid des Sachsenlandes Stern!«
fing er zu schreien an.

Und alle sagten:
Gar nicht schlecht!
Da kommen wir ja grade recht,
hier gibt es was zu trinken!
Der Staub wallt auf, der Hufschlag dröhnt,
nach alter Weis' die Sonne tönt,
es stand zu ihrer Linken
Herr Walter von der Vogelweid,
wer des vergess', der tät mir leid,
der wußte sich zu helfen:
er leert sein Gläslein wuppheidi
bis morgens früh um elfen.

Wer dieses Liedchen recht begreift,
weiß auch, warum das Schaf gestreift.

Der bestrafte Schäfer

WER ?

NA ALSO !
DIE HAT DER GUTE MOND

Aus demselben Jahr 1955, dem ausgesprochen lyrischen Jahr, stammen nachgewiesenermaßen auch die Bildfolge »Der bestrafte Schäfer« und mehrere Skizzen. Ich muß gestehen, daß ein thematischer Zusammenhang zu den übrigen Arbeiten dieser Zeit nicht festzustellen ist. Doch wir müssen Arnold Hau, der zeit seines Lebens jeglicher systematischen Einordnung in vorgeprägte Kategorien spottete, diese köstlichen Abweichungen zugestehen.

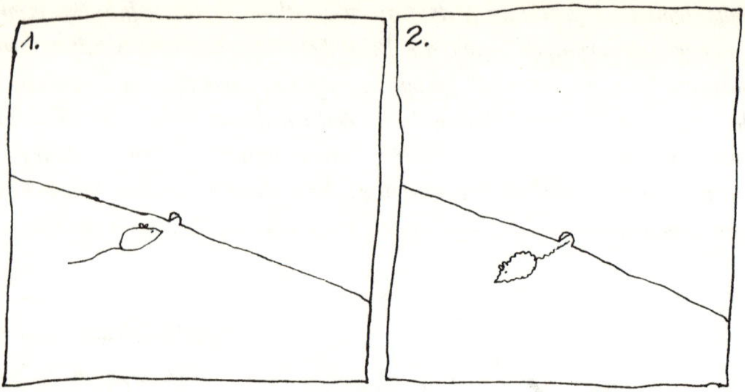
1.
2.

1.
2.

Bitte erhöre mich!
Das geht nicht! Ich gehöre einem Andern!

Narzissen und der Tulipan die fühlen sich viel schöner an, denn Salomonis Seide

Einer ist hier am Tisch überflüssig
Ich geh ja schon
Gott sei Dank, daß der Kerl geht
Jetzt ist es hier gemütlich

Der manipulierbare Mensch

12. August 1956
Wiederholt hat Hau versucht, die Grenzen der Bilderzählung (er hat sich zeit seines Lebens gegen das Wort ›Strip‹ gewehrt, weil es ihm zu kurz erschien) zu erweitern. Jetzt glückt ihm ein Schritt auf Neuland: er konzipiert Bildfolgen, die nicht mehr zweidimensional angelegt sind in dem Sinne, daß die handelnden Figuren alle auf der Fläche der Zeichnung erscheinen; vielmehr ist eine nicht auf der Zeichnung anwesende Figur der Motor der Handlung, ihre Anweisungen, die jeweils unter dem Bild erscheinen, bestimmen das Verhalten der Gezeichneten.
Erstaunt und erschreckt betrachtete ich die erste Bilderzählung dieser Art.
»Wie willenlos diese Menschen alles tun, was ihnen befohlen wird, sie sind ...«
»... manipulierbar«, ergänzte Arnold Hau. »Ja, manipulierbar.«

Vor dem Gesetz

»Ham Se was zu verzollen?«

»Hem Se mal Ihren Hut hoch!«

»Aha!«

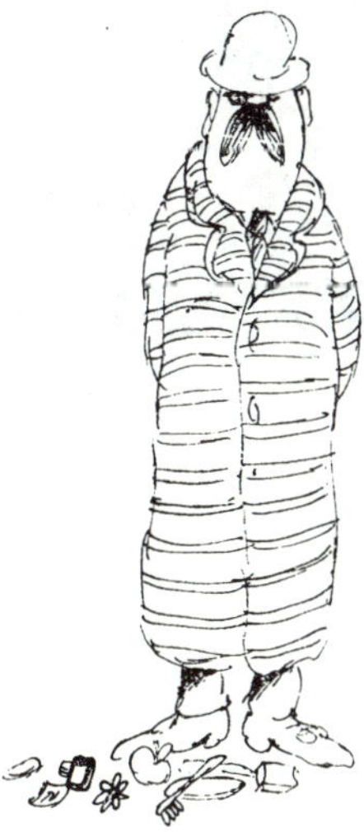

»Is ja alles zollfrei!«

Von fremden Ländern und Menschen träumte Arnold Hau, wann immer er sich sein geliebtes dunkles Reiseplaid über die Knie breitete. »Ostturkestan«, dachte er da etwa, oder »Feuerland…«

Berlin, 1962.
Im Glauben, es sei schon soweit,
hat Arnold Hau sich feingemacht.

Ein großer Mann von allen Seiten

»Danke – und jetzt von vorn.«

»Danke – und jetzt von der andern Seite.«

»Danke – und jetzt von oben.«

»Danke – und jetzt von unten.«

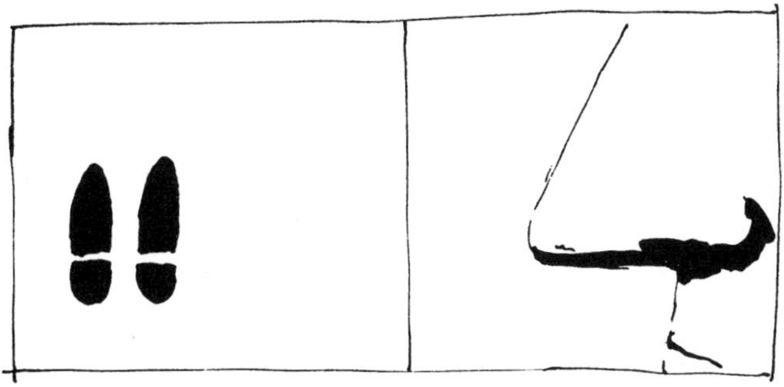

»Danke – und jetzt nur die Nase.«

»Danke – Sie können gehen.«

»Hallo. Hallo – nochmal von vorn!«

»Sehr schön, das war's.«

»Herzlichen Dank, Herr Napoleon!«

»Still, ruft da nicht jemand?«

»Ich hör nichts!«

»Doch, ganz deutlich!«

»Du spinnst wohl!«

»Sei mal ganz still!
Da ruft jemand um Hilfe.«

»Ja, jetzt hör ichs auch.«

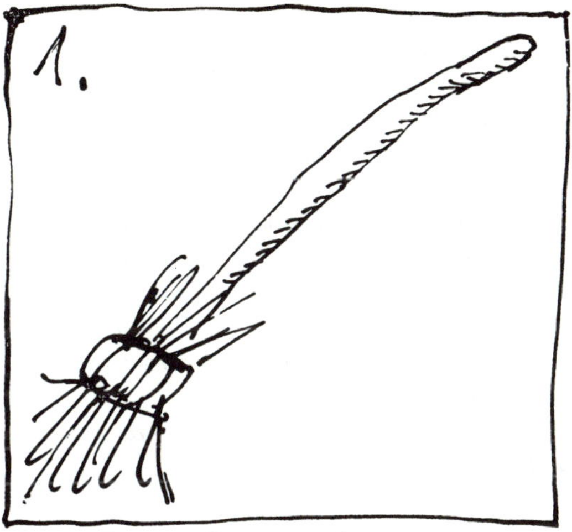

»Besen, Besen, sei's gewesen!«

Mensch und Natur

1960. Arnold Hau verläßt überraschend sein Landhaus in Zell am See und kehrt in die Stadt zurück, nach Berlin. »Ich mußte 60 Jahre alt werden, um zu erkennen, was die Natur im Grunde ist«, sagt er mir bei unserem ersten Treffen im Postamt 13, »eine Gefahr! Sie hat unsere größten Geister auf dem Gewissen: van Gogh starb an Sonnenflecken, Cézanne verstieg sich im Mont St. Ventoux und stürzte mit seiner Staffelei ab, Wieland erfror auf einer Schnitzeljagd, Heym ertrank beim Schlittschuhlaufen im Grunewald, und auch Goethe kam noch im hohen Alter beim Ausbruch des Hohen Meißners ums Leben. Das ist die Gefahr der Natur. Sie nimmt dem Menschen Kraft und gibt ihm nichts als Leere und Schwermut. Denk nur ans Wattenmeer, lieber Gernhardt...«
In Essay, Bildfolge und melancholischem Gedicht warnt Hau vor der Natur. Wird man auf ihn hören?

Schöne Aussichten
Eine Warnung

Die Anfälligkeit der Menschen für schwindelerregende Größenverhältnisse scheint unveränderbar zu sein. Das Gefühl der Unendlichkeit – und ›Unendlichkeit‹ ist die schwindelhafte Qualität, in welche der süchtige Betrachter alle durchaus meßbaren Quantitäten umschlagen läßt – sucht und findet man am häufigsten angesichts des puren Dreidimensionalen, angesichts möglichst vieler, möglichst leerer Kubikmeter. Am bequemsten also auf Aussichtspunkten, Türmen, Felsgipfeln und ähnlichen unwürdigen Schandflecken, wo Natur als Rauschgift konsumiert wird.
Schon der Mond stiftet als Nachttischlampe für undeutliche Seelengymnastik Schaden genug, und am Meer wird die normale, reinigende und erfrischende Wirkung des Wassers ins Gegenteil gedreht. Damit könnte es wahrlich genug sein. Aber der Mensch, der noch aus jedem Kräutlein und jeder Wurzel

Schnaps gebrannt hat, braut, korrumpiert von seinem Sinn und Geschmack fürs Unendliche, sich aus schlechterdings allen Naturerscheinungen seine trüben Sensationen.

Auf Aussichtspunkten nun wird ein wichtiges, lebensnotwendiges Grunderlebnis, die Erfahrung des Raumes, aufgelöst und pervertiert. Der maßvolle, gestaltete Raum, dessen Dimensionen nach menschlichen Normen gemessen wurden, wird preisgegeben für den trügerischen Schein einer Unendlichkeit. Das Raumerlebnis in der Landschaft wird aufgebläht, hypertrophiert, und unter dem harmlosen Schein eines sonnigen Ausblicks von hoher Warte bietet sich dem leichtfertig Genießenden der schaurig saugende Reiz der Leere.

Die sinnvolle Kontrolle der Sinnesorgane wird durch die fatale Konvention, die »Schauinslande« und »Fernblicke« geschaffen hat, restlos ausgeschaltet. Grenzen und Distanzen können kaum mehr wahrgenommen werden, fehlen doch fast alle Anhaltspunkte dafür. So wird jeglicher Vordergrund – maßgebende Barriere für die lockende Ferne – beseitigt. Vorn an der äußersten Kante soll man stehen, soll sich möglichst noch Flügel wünschen – bedingungslose Kapitulation vor dem leeren Raum. So gehört sich's. Jede andere Haltung – etwa die Herrscherpose »dies alles ist mir untertänig« – wird belächelt. Obwohl oder weil sich hier – und sei es nur parodierenderweise – der Mensch seine Würde behaupten will. Abwehrreaktionen des Körpers sollen, zu kitzelnden »Schwindelgefühlen« bagatellisiert, genossen werden.

Welch törichte Touristenideologie zwingt hier den Menschen zu der Sehnsucht, sich wie ein Stück Zucker aufzulösen, in einem falschen All als bewußtloser Geist über den Wassern zu schweben! Die Erkenntnis der Kunst, daß Raum ohne Vordergrund, ohne erkennbare Distanzen nicht darzustellen und auch nicht mit den Sinnen zu bewältigen ist, wird hier buchstäblich in den Wind geschlagen... Die Leere wird zum Genuß freigegeben. Die Übersicht, die sich der Betrachter mit dem letzten Restchen von Bewußtheit einreden will, übersieht kein begrenztes Gebiet mehr, sie wird sinnlos in dem Moment, wo alles übersehen werden kann. Der Doppelsinn des Wortes bestätigt die schädliche Albernheit unserer Aussichtsgepflogenheiten.

Schöne Aussichten? Davor sollte gewarnt werden! Die Unfähigkeit aber, oder die Unwilligkeit, in menschlichen Dimensionen zu sehen und zu denken, führt buchstäblich ins Leere. Der Mensch begibt sich so leichtsinnig seiner Würde und verabsäumt die Kontrolle über seine Seele.
Und das ist schade.

Das Lied der Meere

Die Nordsee rauscht das alte Lied:
»Ich bin so matt, ich bin so müd.«

Die Ostsee murmelt ihren Sang:
»Mir ist so weh, mir ist so bang!«

Und leise singt der Kattegat:
»Ich bin so müd, ich bin so matt.«

Ihm antwortet die Zuidersee:
»Mir ist so bang, mir ist so weh.«

Ursache eines Lärms

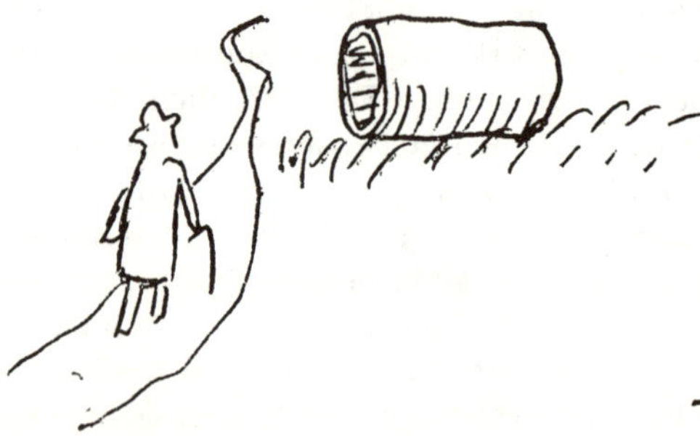

→

Der grassierenden Naturvergötzung setzt Hau seine polemischen Bildfolgen entgegen. Sie zeigen das so oft besungene Schauspiel von Sonnenaufgang und -untergang so, wie es wirklich ist – erbärmlich und alles andere als großartig –, und sie schildern einige unserer »gefiederten und bepelzten Freunde« – ohne jede Beschönigung als Unruhestifter und Körperverletzer. Es sind bestürzende, jedoch notwendige Blätter.

Morgen und Abend

Der Mensch – ein Abgrund

Berlin 1961
Arnold Hau schließt sich immer stärker von der Welt ab. Er kauft sich ein Fahrrad, das er nie benützt. Eines Tages läßt er mich zu sich kommen und bittet mich, ihm einen Doppelzentner Artischocken zu besorgen. Als ich Bedenken äußere, entgegnet er: »Na gut, ein Pfund tut es auch.«
Doch er zeichnet und schreibt weiter. Er liest Swedenborg und äußert sich anerkennend über Ludwig Ganghofer. Wer ihn sieht, weiß, daß er jemandem gegenübersteht, der eine Botschaft hat.
Doch welche Botschaft? Das fast schroffe lyrische Portrait Nietzsches, das in dieser Zeit entsteht, scheint Haus Distanz zu diesem großen Verkünder zu zeigen, der einst auch seine Jugend beeinflußte. Hat er, Hau, noch tiefere und höhere Dinge zu sagen?
Seine Bildfolgen und Texte werden immer vieldeutiger. Spuk, Tod, Klage und das »Aus« werden zu beherrschenden Themen.

Hommage à Nietzsche

Ein kantiger Kopf
Augen
Die ewig flatterten
Sein Mund öffnete sich nicht leicht.
»Wer viel einst zu verkünden hat…«
Kein Plauderer
Nur selten tanzte er.
So saß er in Kehlmanns Ballhaus.
»Die Bergziegen bei Basel haben eine Art
Von Stein zu Stein zu springen,
Daß einem schlecht werden kann«
Sagte er gern
Und: »Die Lagerfähigkeit dieses Biers
Ist unbegrenzt«

Oder: »Macht es wie die Eieruhr
Zählt die heitren Stunden nur.«
Kein Drama
Kein Roman
Nur diese Sprüche.
Kaum etwas schriftlich hinterlassen.
Und doch:
Wer einmal
Sei es im Urlaub
Sei es zu Hause einen solchen Spruch gehört hat, wird ihn
So schnell nicht vergessen.

Ein Abzählreim Arnold Haus

Eins
Zwei
Drei
Vier
Fünf
Sechs
Sieben
Acht
Neun
Zehn
Elf
Zwölf
Dreizehn
Vierzehn
Fünfzehn
Sechzehn
Siebzehn
Achtzehn
Neunzehn
Du bist raus.

Die Fliege

SUMM SUMM SUMM SURR
HAB ICH DICH ENDLICH, DU GARSTIGE FLIEGE
AUA!
NANU! EINE FLIEGE, DIE SPRICHT?
ICH BINS DOCH NUR, DEIN FREUND HARALD
SPUK, WAHNSINN, TEUFELSWERK!

Aus dem Notizbuch Arnold Haus
Augenblicke der Besinnung

1
Die bekannte Tatsache, daß vorgefaßte Meinungen Menschen zu dem werden lassen, was ihnen nachgesagt wird, erhärtet ein Beispiel aus der Frühgeschichte der Menschheit.
Den Einwohnern Sodoms nämlich ging es mit der Zeit so sehr auf die Nerven, dauernd Sodomiter genannt zu werden, daß sie schließlich begannen, unzüchtigen Verkehr mit allen Tieren zu treiben, deren sie habhaft werden konnten.
Die Folge war, daß ihre Stadt in einer Lohe von Feuer unterging, doch jedem Denkenden stellte sich die Frage, ob nicht die anderen sehr viel schuldiger waren als diejenigen, die der Brand in den Tod riß.

2
Beim Männerkarneval in Linz soll es zur Mitte des vorigen Jahrhunderts Sitte gewesen sein, daß zwei Männer, als Frühling und Winter verkleidet, den Raum betraten, in dem sich die Feiernden befanden, um – nachdem das Geplauder verstummt war – laut und fast überdeutlich »Linz Alaaf« zu sagen, welche Worte mit einem donnernden Alaaf der Feiernden erwidert wurden, worauf das Fest seinen Fortgang nahm, so, als sei nichts geschehen, und in der Tat – was war geschehen?
Nicht viel. Nicht so viel jedenfalls, als daß es den weiteren Verlauf des Festes hätte verändern können, und es ist mehr als fraglich, ob die beiden Männer dies überhaupt bezweckten, ja, es scheint fast sicher, daß sie mit ihrem Auftritt nichts weiter beabsichtigten als dies: ein wenig Heiterkeit in ein ohnehin heiteres Fest zu bringen. Nicht mehr, aber auch nicht weniger.

3
Die Kälte, die die Laken mir mitteilen, läßt mich schaudern. Mir ist, als stiege ich ins Grab, und ist dieses Gefühl so falsch? Schlaf ist ein anderer Tod. Was geboren wird, stirbt mit jedem Tag. Wer zwischen Laken fröstelt, weiß oder ahnt, daß er eines Tages die

Laken frösteln machen wird. Sie werden sich schaudernd um ihn legen und mit ihm in die noch kühlere Erde wandern. Und dann werden sie beide erkennen, wie sehr sie einander gleichen. Sie sind Frierende in einer feuchten Welt, die sie zersetzt, bis sie einander so ähnlich sind, wie ein Moder dem anderen Moder.

Klage und Antwort

u
uhu

Die letzte Aufnahme Arnold Haus vor seinem rätselhaften Verschwinden im Jahr 1962. Bei einem Besuch seiner Neffen in der Habsburgerstraße bestand er auf dieser Gruppenaufnahme. »So jung kommen wir nicht mehr zusammen« – Hat er geahnt, wie recht er hatte?...

»Wenn das der Onkel noch erlebt hätte!« Haus Neffen beobachten, keine zwei Wochen nach dem Verschwinden ihres Onkels, wie ein Eichhörnchen einem Steinmarder gerade noch entkommt.

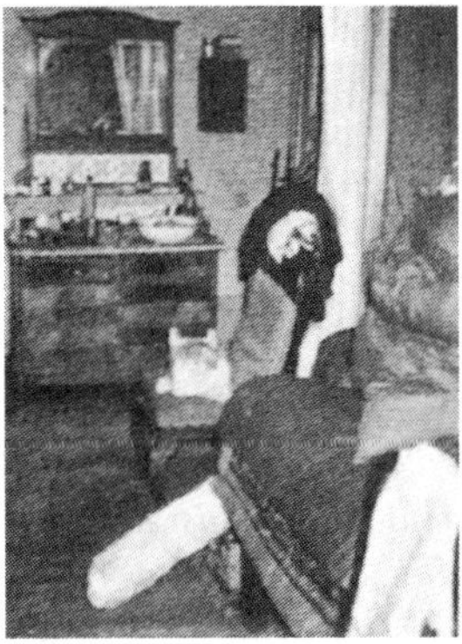

So sah das Zimmer aus nach dem Verschwinden des Dichters. Noch atmet alles den Geist des Verschollenen; als ob nichts geschehen sei, steht links vom Spiegel das Majoran-Büchslein, auf dem Stuhl befindet sich wie immer Haus Lieblingskorb, und auch das unvermeidliche Federbett (rechts) fehlt nicht. Warum macht das Zimmer dann doch jenen merkwürdigen Eindruck der Leere? Rührt er daher, daß sein Bewohner es für immer verlassen hat?

An diesem Scheideweg wurde Arnold Hau das letzte Mal gesehen. »Ja, da ist er gestanden, lang, bis es dunkel wurde und ich heimging«, berichtet ein Bauer, der in der Nähe Raps gejätet hatte. »Und am nächsten Morgen war er nimmer da…« Welche Richtung mag Hau eingeschlagen haben, die breite Prachtstraße oder den steinigen, schmalen Weg? Wir werden wohl nie eine Antwort erhalten.

Ein Gesetz für die Menschheit

Berlin 1962
Trotz seiner Zurückgezogenheit weiß Arnold Hau, was in der Welt vorgeht.
»Seit Jahren schon beobachte ich das Zerbrechen aller Ordnungen«, sagt er mir. »Woher die Richtungslosigkeit der heutigen Welt? Woher die regellose Vielfalt? Woher die Risse, die quer durch die Völker, quer durch die Familien gehen? Warum sagt der eine ›Hü!‹ und der andere aber ›Hott!‹? Weil – ich weiß, daß meine Gedanken nicht zeitgemäß sind – weil das Gesetz fehlt. Besser: es ist da, aber man hat es vergessen und verdrängt. Ich habe es jetzt neu formuliert. Ich gebe der Welt ein Gesetz, es liegt an ihr, es anzunehmen. Es liegt an ihr!«
Hau läßt seine Gesetze im Selbstverlag drucken und schickt sie an die Redaktionen aller Zeitungen und Zeitschriften. Doch man schweigt ihn tot. Hier sollen Haus Gesetze deshalb abgedruckt werden, damit, wenn es zu spät ist, niemand mehr sagen kann, er habe von nichts gewußt.

Die Gesetze

Hört: was ich euch verkünde:
Was ihr da tut, ist Sünde.

Ihr dürft nicht euren Mitmenschen eins ins Kreuz schlagen und dann sagen: »Nicht so gemeint, bitteschön, alles halb so schlimm.«

Ihr sollt nicht nachts auf die Frauen eurer besten Freunde steigen und ausrufen: »Juvivallera! Die Sache macht ja Spaß!«

Geht nicht ans Henkelkörbchen der Witwe, um die besten Sachen herauszuklauen, den Rest aber zu lassen, vielleicht noch mit einem Briefchen: »Wohl bekomms!«

So einer den Waisen Unrecht zufügt, so soll ihm auch Unrecht zugefügt werden.

Wer die Erstgeburt ausrottet, dem soll sie bis in das vierte Glied auch ausgerottet werden.

Ihr sollt nicht den alten Menschen verlachen und sagen: »Seht diesen alten Menschen! So alt und schon so hinfällig! Du machst es auch nicht mehr lange, Opa!«

Wer der Eitelkeit frönt und sich fortwährend im Spiegel betrachtet, der soll vierzig Hiebe bekommen.

Wer seine Notdurft nicht verscharrt, der soll verstoßen sein tausendfach.

So einer dem Weibe beiwohnt, das zur selben Zeit einem anderen Manne beiwohnt, so soll er weder Seiler noch Einzelhändler werden können.

Ihr sollt euren Bruder nicht erschlagen wollen und, wenn es nicht gelingt, sagen: »Pech gehabt! Vielleicht klappts ein andermal.«

Wer der Witwe beiwohnt in dem ersten Monat der Trauer, der soll zwei Scheffel Weizen erhalten. Wer ihr aber in jedem weiteren Monat beiwohnt, der soll leer ausgehen.

Heuchelt nicht!

Ferner verbiete ich euch, in eures Nachbarn Wald Holz zu schlagen, ohne ihn vorher um Erlaubnis zu fragen.

So einer den Schnabel allzuweit aufreißt, so soll ihm der Älteste sagen: »Reiß den Schnabel nicht allzuweit auf!« Fährt er jedoch fort, den Schnabel allzuweit aufzureißen, so soll man ihn gewähren lassen.

Ihr sollt nicht Schweinereien in den Wald rufen und, wenn es herausschallt, in höhnischem Tonfall sagen: »Hört euch an, wie der Wald schweinigelt!«

Auch untersage ich das Eckenstehen, die Unzucht an Feiertagen und alles, was damit zusammenhängt, das Fangen und Braten von Schnepfen, sowie die widerrechtliche Inbesitznahme festen oder beweglichen Guts zum Zwecke der Weiterverarbeitung, Vernichtung, Verwendung oder Aufwertung. Der Versuch ist strafbar.

So einer seinen Schwestervater mit einem Beil bedroht, so soll man ihm einmal ganz deutlich klarmachen, daß es so nicht geht.

Redet nicht alle durcheinander!

Ferner gebe ich euch ein Wort, das ihr stets im Munde führen sollt. Ihr sollt es ausrufen, wenn ihr euch des Morgens erhebt, wenn ihr euch des Mittags zu Tische setzt, wenn ihr euch des Nachmittags anschickt, ein Nickerchen zu machen, wenn ihr des Abends zum Weibe geht und zu jeder anderen Tageszeit. Und ihr sollt es in Ehren halten, denn ich habe es euch gegeben. Das Wort aber lautet: »Schnüss.«

So ihr diese Gesetze beachtet, so soll es euch gutgehen. Ihr sollt in Seide gekleidet schreiten, und die Tiere sollen euch untertan sein sowie alle Völker westlich von Ratzeburg, die Völker aber, die östlich von Ratzeburg siedeln, sollen euch nicht untertan sein. Das gilt auch für die Völker, die gegen Abend wohnen, für die Völker unter der Mitternachtssonne und die Völker, die sich von Hunden nähren.

So ihr diese Gesetze aber mißachtet, will ich einen Bund zwischen mir und euch stiften. Und das habt zum Zeichen: Ich will einen gewaltigen Lärm machen, und ihr sollt ihn nicht hören. Das soll gelten für Greise, Greisinnen, Männer, Frauen, Kinder und Kindeskinder sowie für alles Volk. Dieser Lärm aber soll 1000 Jahre und einen Tag dauern. Danach aber soll er nicht mehr dauern. Und es soll ein ewiger Friede sein.

Arnold Hau

Ausklang

Berlin 1962
Der Mißerfolg seiner Gesetze läßt Arnold Hau vollends resignieren. »Ich habe zeit meines Lebens nach dem Menschen gefragt, nun soll er erst einmal gefälligst nach mir fragen!« *notiert Hau in sein Tagebuch. Das ist seine letzte schriftliche Notiz.*
»Ich schreibe nichts mehr«, erklärt er mir, als ich ihn zum Deutsch-Amerikanischen Volksfest abhole. »Es hat keinen Sinn. Glaub mir, daß mir der Entschluß nicht leichtgefallen ist. All die Romane, die ich noch im Kopf trage... meine Attilatrilogie in drei Bänden... der Reiseführer durch den Hennegau, der mich schon so viele Vorarbeiten gekostet hat... meine ›Kritik der Ontologie‹, die Anthologie ›Die schönsten Romane der Weltliteratur‹, die Anti-Dramen, die Dokumentargedichte... Aber weshalb die Schlammflut des Gedruckten noch vergrößern, die sich durch unser Land wälzt? Wenn doch niemand auf mich hört?«
Hau beginnt viel zu wandern. Oft fällt es mir, dem jüngeren Begleiter, schwer, Schritt zu halten. Zu stark ist die Unruhe in diesem so rüstigen Mann, der noch mit 62 Jahren nicht vor einer Besteigung des Kreuzbergs zurückschreckt. Dann wieder sitzt er tagelang in seinem Zimmer, blättert ein wenig in seinem geliebten Felix Dahn, schweigt, starrt, summt...
Nur einmal noch erlebe ich ihn fröhlich, als seine Neffen ihn besuchen und ihm die ›Encyclopaedia Britannica‹ schenken. Interessiert beginnt er in ihr zu blättern, doch bald legt er sie ernüchtert aus der Hand. »Die wissen es auch nicht...«, sagt er mir.
Und doch ist der Rest seines Werkes nicht Schweigen, sondern Bild. Bild, das von Müdigkeit und Resignation zeugt.
Am Ende aber steht jene erstaunliche Bildfolge, die alle Entsagung wieder in Frage stellt. Sie endet mit einem Aufbegehren, das so frisch ist wie nur irgendein Werk des frühen oder mittleren Hau.
Zwei Tage nachdem er diese Bildfolge gezeichnet hatte, verschwand Arnold Hau. Auf seinem Schreibtisch fand man ein Blatt Papier. Es war mit den Worten beschrieben: »Ich aber sage euch: Rapsutin hat auch nur mit Wasser gekocht... Arnold Hau.«

Kinder, ich bin müde
Wißt ihr was?
Ich hau mich hin
und ratze ein wenig
chr chr chr

TOD, WO IST DEIN STACHEL?

Der letzte Strip